Zu diesem Buch :

Manchmal bleibt von einem geliebten Menschen mehr als nur eine Erinnerung.

In diesem Buch finden sich alle wichtigen Geschichten der letzten Jahre, die von Sven B. Mischke geschrieben wurden. Wir haben versucht, die einzelnen Geschichten so gut es ging ein wenig chronologisch zu ordnen.

Formatierungen und Schriften haben wir dabei so weit wie möglich aus den Originaldaten übernommen, um keinen Einfluss auf das Erscheinungsbild der Geschichten zu nehmen.

SVEN B. MISCHKE

HORIZONTE

(Untold stories)

Gesammeltes und nicht Erzähltes

© 2015 Sven B. Mischke

Umschlaggestaltung, Illustration: Jürgen G. Mischke

Herausgeber: Jürgen G. Mischke

Bild Vorderseite: Sven B. Mischke bei einer Lesung für die „Nacht der Klänge" in der Universität Bielefeld.

Verlag: tradition GmbH, Hamburg

ISBN Paperback: 978-3-7345-0904-9
ISBN Hardcover: 978-3-7345-0905-6
ISBN e-Book: 978-3-7345-0906-3

Bibliografische Information der Deutschen Nationalbibliothek: Die Deutsche Nationalbibliothek verzeichnet diese Publikation in der Deutschen Nationalbibliografie; detaillierte bibliografische Daten sind im Internet über http://dnb.d-nb.de abrufbar.

Das ist bitter für einen Menschen, bei allem Wissen keine Macht zu haben.

Der bitterste Kummer auf der ganzen Welt ist der, wenn man bei aller Einsicht keine Gewalt in den Händen hat, das Vorausgesehene abzuwenden.

(Herodot um 484 v. Chr, † um 425)

Von Narren und Narren

Der Hofnarr von früher hatte es schon schwer
Die Mächtigen halten ihn sich zum Spaß
Wo immer er auftritt steht er im Mittelpunkt
Er unterhält jene, die über ihm stehen
Ob durch sein Leid, seine Freude
Sein Handeln oder seine Worte
Wie ein Schauspieler, dessen Auftritt nie endet
Und der immer dieselbe Rolle spielt

Der König von heute hat es schon schön
Die Mächtigen halten ihn sich zum Spaß
Wo immer er auftritt steht er im Mittelpunkt
Er unterhält jene, die über ihm stehen
Ob durch sein Leid, seine Freude
Sein Handeln oder seine Worte
Wie ein Schauspieler, dessen Auftritt nie endet
Und der immer dieselbe Rolle spielt

Beides Männer unter bunten Hüten
Einer lebte früher, einer zurzeit
Aber einer unter ihnen erkennt
Seines Daseins traurig' Wesen

Der Narr
na klar

Ein Liebesgedicht

Dies hier ist nun mein Gedicht

Nicht halb so schön wie dein Gesicht

Vielleicht findest du's ja ganz nett

Auch wenn dein Name nicht ist Babett

Du, Carolin, dein Name ist arg schwer zu reimen

Deshalb auch mein anfängliches Schleimen

Dein Name reimt sich auf Trampolin

Oder aber auch auf Kerosin

Doch bist du nicht aus Gummi

Noch verbrennt dich jeder Brummi

Oh, eigentlich wollte Ich von unserer Liebe dichten

Weiß jetzt aber nur von schweren Reimen zu
berichten

Nun gut, dann müssen's eben andre richten

Ich mach' hier besser Schluss

Sonst schreibe Ich hier nur noch Stuss

Ach Mist! Ich meinte Kuss

Denn so ein Reim ist ja wohl ein Muss

In einem Liebesgedicht

Die drei Dockarbeiter

Boston 1717. Am zu dieser Zeit größten nordamerikanischen Sklavenhafen verbreitete sich die Nachricht noch schneller als eine Durchfallerkrankung unter Sklaven.

„Blackbeard ist tot!"

Die Nachricht sprang von den einlaufenden Schiffen auf den Hafen und von dort auf den Rest der Stadt über. Die meisten Leute, die ihre Zeit nicht auf See oder in Hafenkneipen verbrachten, erwiderten darauf:

„Wer ist Blackbeard?"

Der Rest jedoch reagierte mit unterschiedlich starken Gefühlen der Genugtuung oder Erleichterung. So auch die Arbeiter an den Docks. Pat saß auf einer Kiste und spielte seine Blockflöte, während Jon an einem Sandsack demonstrierte, was er getan hätte, wenn er bei Blackbeards Tod dabei gewesen wäre.

„Und dann hätte ich ihm so eine verpasst. **Bumm!**"

Die Fässer, gegen die der Sack gelehnt war, wackelten ein wenig.

„Und dann ein Tritt genau dahin! **Hai!**"

Der Sack nahm den Tritt in seine untere Hälfte gelassen hin.

„Und dann würde Ich... Musst du dieses Ding die ganze Zeit spielen?"

Pat nahm die Flöte aus dem Mund und lächelte Jon an.

„Ich muss nicht, aber Ich würde, wenn Ich könnte. Es ist so eine angenehme Art, sich die Zeit zu vertreiben."

„Aber es zerstört die Stimmung. Wie soll Ich mir vorstellen, dass Ich gegen einen schrecklichen Piraten kämpfe, wenn du dauernd auf deiner Tröte rumträllerst?"

„Also Ich muss doch sehr bitten! Zuerst einmal ist das eine Flöte, keine Tröte u...."

Pock, Pock, Pock machte ein Gehstock auf den Holzplanken. Er gehörte Bill, dem ältesten der Drei. Er war in Wirklichkeit nur wenige Jahre älter als seine beiden Kollegen, war aber so überzeugt davon, dass hohes Alter automatisch Weisheit und Können bedeuteten, dass er bewusst Schritte unternahm älter zu wirken. „Andere Leute werden einfach so nebenbei alt." sagte er oft „Ich strenge mich an, alt zu werden." Jetzt sagte er aber etwas anderes:

„Wenn die jungen Herren mit ihrem Gestreite aufhören könnten würde Ich gern etwas sagen."

Pat und Jon schwiegen. Sie hatten in vorherigen Streits die Erfahrung gemacht, dass Bill nicht davor zurückschreckte, seinen Stock als Argumentationshilfe zu gebrauchen.

„Erstens: Warum steht ihr hier 'rum anstatt zu arbeiten? Wisst ihr wer von Mr. Davies Ärger kriegt, wenn er sieht, dass hier gefaulenzt wird?"

„Es gibt nix zu tun." sagte Pat.

„Nichts zu tun?"

„Heute sind bisher nur zwei Sklavenschiffe reingekommen."

„Und die Ladung kann sich ja selber entladen." fügte Jon hinzu.

„Na gut, zweitens: Ihr habt wohl schon gehört, dass einer der größten Schrecken der sechs Weltmeere ausgetrieben wurde. Der verhasste Freibeuter Blackbeard ist nicht mehr unter den Lebenden."

„Das hast du schön gesagt."

„Ruhe, Ich bin noch nicht fertig. Daher, um uns unseres Glückes bewusst zu werden, sollten wir einen Augenblick lang darüber reflektieren, welch ein Ungetüm unsere Welt vor kurzem verlassen hat."

„Was heißt 'reflektieren'?" fragte Pat.

„Nachdenken, etwas was dir schwerfallen dürfte." antwortete Jon.

„Na warte..."

Pock, Pock

„Blackbeard..." fuhr Bill fort „...war ein Monster wie aus einer Schauergeschichte. Nur um seine eigene Gier zu befriedigen zog er mordend und brandschatzend die Küsten entlang, ohne Rücksicht auf die unschuldigen Leben die er nahm...."

„Morgen Leute." rief jemand.

Bill rollte die Augen ob der erneuten Unterbrechung.

„Morgen Captain Masters." rief Pat zurück „Wie ist 's gelaufen?"

„Beschissen. Der alte Oliver hat mich rausgeschmissen. Als ob Ich was dafür kann, dass mir 80 meiner Sklaven auf der Fahrt verreckt sind. Ich geh' mich jetzt besaufen."

„Viel Spaß!" rief Jon ihm hinterher. Als Masters außer Hörweite war, sagte er:

„Der Mann hat aber auch ein Pech."

Bill nutzte diese Vorlage, um seine Rede fortzusetzen:

„Stimmt, aber wenigstens kann er froh sein, dass die See demnächst ein wenig sicherer sein wird, ohne den Teufel Blackbeard. Seine Seele werden sie in der Hölle nicht haben wollen, so schlimm war er. Wie viele Schätze mag er geraubt haben, wie viele Familien weinend zurück gelassen haben? Wir...."

„Moin Bill, moin Pat, moin Jon." wurde Bill schon wieder unterbrochen.

„Guten Morgen, Captain Alek." sagte Jon.

„Nur meine Mannschaft muss mich Captain nennen, Jungs. Für euch bin Ich Daniel. Wie läuft 's?"

„Gut." sagte Pat „Wir haben gerade über den Tod Blackbeards gesprochen."

Alek knurrte „Den dreckigen Hund hat es viel zu spät erwischt. So was unmenschliches wie ihn hab Ich noch nie gesehen." Er warf einen Blick zu seinem Schiff und drehte sich dann abrupt um.

„Moment mal Jungs." sagte er, dann rief er:

„ARRR! Mister Chesterton! Wenn die Landratten nicht spurren, dann lasst sie die Peitsche schmecken! Macht schneller oder Ich lasse euch kielholen, ARRRR!"

„Probleme Captain?" fragte Bill.

„Nichts schlimmes, die Sklaven kommen nicht so schnell an Land wie sie sollten. Ich muss noch bei

Mr. Wright wegen meiner Prämie vorbeischauen, da kann ich mich nicht auch noch ums Ausladen kümmern."

„Erfolgreiche Fahrt gehabt?"

„Sehr erfolgreich. Sklaven, Elfenbein, Wachs. Jede Menge wertvolle Fracht hab Ich aus Afrika mitgebracht. Jetzt muss Ich aber weiter, wenn ihr heute Abend in der *'Blauen Kiste'* seid, geb' Ich euch von meiner Prämie einen aus. "

„Bis heute Abend." sagten die Dockarbeiter fasst gleichzeitig.

„Guter Mann, sehr fleißig, sehr geschäftstüchtig." sagte Bill.

„Und großzügig." fügte Pat hinzu.

„Wolltest du noch was sagen, wegen Blackbeard, Bill?" fragte Jon.

„Was... Ach ja, da war doch noch... mir ist 's entfallen, fürchte Ich. Einer von euch könnte ja mal was sagen."

Pat und Jon schwiegen kurz, dann hob Pat die Hand.

„Ja?" fragte Bill.

„Ich könnte 'God save the King' spielen."

„Von mir aus, aber nur einmal zur Feier des Tages."

„Gut, also hinhören, es geht los...."

Und jetzt zu etwas ganz anderem:
Der Tod von Blackbeard

ein Transkript

Pock!
„Halt, im Namen der Krone!"
„Arrrr!"
„Arrr!"
„Arrrrrrr!"
Peng!
Sching!
Puff!
Bumm!
„Argh!"
„Arrr!"
Ttunk!
„Mein Arm!"
„Arrrr!"
Bumm!
Peng!
Ting!
Poff!
„Arrrrrrrrrgh...."
„Ich glaube er ist tot."
„Arrr, bin Ich nicht!"
Peng!
Buff!
Pong!
Klong!
Boing!

„Arrrrrrrrrrrrrrrrrrrrrrrrrrrrrrrrrrrrrrrrrrrrrrrrr
rrrrrrrrghhhhhhhhhhhhhhhhhhhhhhhhhhh!!!"
Platsch!
Gluck!
Gluck!
Gluck!

Gott und die Welt

Und Gott sprach: Es werde Licht
Und es ward Licht.
Und Gott runzelte die Stirn und sprach: **Das passt
so nicht. Das Licht muss noch ein bisschen
grüner sein. Ich fange am besten nochmal von
vorne an.**
Und Gott baute dieWelt wieder auseinander und
zog sich auf seine Arbeitswolke zurück. Der
himmlische Chor, der aufgezogen war um den
Moment des Lichtwerdens zu besingen, zog
enttäuscht wieder ab.
Zeit verging, vielleicht... große Denker konnten
sich ausführlich den Kopf darüber zerbrechen, ob
es Zeit überhaupt gab, wenn sie nicht von
Menschen konstruiert und gemessen wurde. Die
Engel im Himmel taten dies jedenfalls nicht, denn
so sehr sie sich für Messen interessierten, konnten
sie wenig Enthusiasmus für Zeitmessen aufbringen.
Gott trat vor seine Engel und sprach: **Ich werde
eine neue Welt erschaffen. Sie ist viel besser als
die vorherige.**
Und Gott erschuf die Erde.
Und Gott strich sich durch den Bart und sprach:
**Hmmm.. Irgendwie ist die Welt nicht rund
genug.**
Ein Raunen der Entäuschung ging durch die Reihe
der Engel.

Erzengel Gabriel nahm seinen ganzen Mut zusammen und sagte zu Gott: "Herr, die Welt ist gut   , es ist die Beste die du je geschaffen hast. Lass uns..."
Jaja sprach Gott und winkte ab. **Aber sie ist an den Polen zu flach und sieht mir zu sehr wie eine Kartoffel aus; Ich will nicht alle Ewigkeit diesen Makel an meiner Welt sehen. Ich fange am besten nochmal von Vorne an.**

Als Gott in seine Werkstatt entschwunden war, schlugen die Engel die Hände vors Gesicht, seufzten verzweifelt oder begannen zu weinen.
"Er wird nie fertig werden." schluchzte ein kleiner, pausbäckiger Engel und ließ die Flügel hängen.
Gabriel versuchte die himmlische Moral hoch zu halten. Er klopfte dem kleineren Engel auf die Schulter.
"Keine Sorge, das wird schon." sagte er, erkannte aber wie hohl seine Worte klangen.
"Und wann? Er hat jetzt schon mehr als unendlich viele Welten erschaffen und jedesmal stimmt irgendein kleines Detail, das ausser ihm niemand bemerken würde, nicht und er fängt von vorne an. Ich will nicht mehr warten. Ich bin Schutzengel, ich sollte Leute beschützen die es noch gar nicht gibt und die es auch nie geben wird, wenn er so weiter macht!"
Tränen flossen in nilartigen Strömen sein Gesicht hinab während er sprach. Als er fertig geredet hatte, bedeckte er seine Augen und kauerte sich schluchzend auf dem wolkigen Boden zusammen.

Gabriel sah sich um. Andere Engel hatten die gleiche fatalisitsche Haltung angenommen, lagen in kleinen Elendshäufchen im Himmel herum. Einige andere wanderten oder flogen ziellos, mit leeren Blicken umher, traten hier und da gegen eine Wolke, reagierten aber ansonsten auf nichts. Die wenigen, die noch geistig anwesend wirkten standen oft in kleinen Gruppen zusammen, redeten leise miteinander und warfen Gabriel und den anderen Erzengeln misstrauische Blicke zu.
Gabriel erkannte, dass die Stimmung auf einem himmlische Tiefstand war.
Die anderen Erzengel standen beieinander, als ob eine Gruppe sie gegen die Probleme um sie herum schützen würde.
Gabriel trat zu ihnen.
"Krisengespräch Leute. Jetzt."
Die Anderen nickten.
"Irgendwo, wo uns keiner hört." schlug Luzifer vor.

Sie gingen zu einer der äussersten Ecken des Himmels, in der Nähe der Mülltonnen.
"Wir müssen etwas tun." sagte Gabriel, nachdem sie sich vergewissert hatten, dass niemand lauschte "Wenn Gott so weiter macht, haben wir bald eine offene Rebellion oder Massensuizid, wahrscheinlich beides."
"Und das wollen wir nicht!" stellte Luzifer klar.
Metatron schüttelte den Kopf "Ich weiß nicht mehr, was wir machen könnten. Ich habe unendlich oft verkündet, dass der Herr einen Plan hat und das bald alle von uns Arbeit in der Schöpfung haben

werden. Inzwischen lacht man mich dafür nicht mal mehr aus, alle stehen nur da und starren mich an. Beim letzten Mal hat jemand sogar einen Apfel nach mir geworfen."

"Wo hatten sie einen Apfel her? Es gibt hier im Himmel keine Bäume." sagte Uriel.

"Woher soll ich das wissen. Der Herr ist der Allwissende hier, ich bin nur seine Stimme. Vielleicht hat jemand einen Apfel aus seiner Werkstatt geklaut oder..."

"Aus dem Müll." meinte Luzifer und deutete auf die Mülltonnen hinter ihnen, die ebenso wie der Himmel unendlich gross waren, ein Konzept das sterbliche Hirne zum Platzen gebracht hätte, für die Engel aber so selbstverständlich war, dass sie es nicht einmal bemerkten.

"Das ist jetzt nicht wichtig!" schnappte Michael "Wenn wir nicht die Zweischwerterlehre am eigenen Leib erfahren wollen, sollten wir handeln nicht reden!"

Auf Gabriels Stirn machten es sich Falten wie in einem Himmelsbett[1] gemütlich, als er versuchte nachzudenken.

"Ein Theaterstück." schlug er vor.

"Wir ziehen ein paar von unseren Kostüme an und führen ein fröhliches Stück auf, das die Stimmung wieder hebt."

---

[1]

    Andere Betten gab es im Reich Gottes selbstverständlich nicht.

"Wir haben gar keine Kostüme. Jeder hier trägt eine Toga." wandte Azrael ein.

"Und wir kennen keine Theatestücke. Wir müssten Menschen sein, um Kreativität haben zu dürfen." fügte Metatron hinzu.

Gabriel wusste, dass das stimmte. Engel waren geschaffen, um Gott zu dienen, nicht um gute Ideen zu haben. Er versuchte es trotzdem, kam aber nicht sehr weit, bevor seine Denkarbeit gestört wurde.

"Hey, hier liegt 'ne ganze Menge interessanter Kram rum!" rief Luzifer, der zu den Mülltonnen herüber gewandert war, weil ihm bei Gesprächen die länger als drei Sätze waren, immer langweilig wurde.

"Ich glaube nicht, dass uns das im Moment weiterhilft, Luzi." sagte Gabriel, aber die restlichen Erzengel standen bereits mit Luzifer um die Mülltonnen herum und betrachteten den Abfall, in der vagen Hoffnung, dort bessere Einfälle zu finden, als in ihren Köpfen.

"Irgendwer hat sein Flammenschwert weggeworfen ohne es auszumachen." sagte Uriel "Der Busch da brennt."

"Da vorne liegen Seine ganzen Entwürfe für die verbotene Frucht." Der Haufen enthielt alle fruchtigen Formen, Farben und Größen, unter anderem auch eine Kokosnuss und eine fünfhundert Meter lange Birne.

Luzifer war von seinem Fund so begeistert, dass inzwischen nur noch seine Beine aus der Tonne ragten.

21

"Warum liegt denn da Stroh rum? Wofür braucht Gott Stroh?" fragte ein Erzengel

"Für den Stall."

"Für welchen Stall?"

"Für **den** Stall."

"Ach, für **den** Stall."

"Guckt mal! Guckt mal!"

Luzifer tauchte wieder aus den Tiefen des Mülls auf und hielt etwas rundes in der Hand.

Wie ein Mann verstummten die Engel und starrten Luzifers Fund an.

"Ich dachte Er hätte das zerstört." sagte Metatron leise, fast flüsternd.

"Hat es wahrscheinlich nicht übers Herz gebracht. Ich habe immer vermutet, dass Gott ein bisschen sentimental ist, ganz tief in ihm drin." sagte Raphael.

"Wie fühlt es sich an?" fragte Gabriel.

"Schwer." sagte Luzifer und hob das Objekt, um es genauer zu betrachten, auf Augenhöhe.

Es sah aus wie die Erde.

Natürlich war es nicht die wirkliche Erde, denn kein Engel war so groß, dass er die Erde in seiner Hand hätte halten könnte. Aber die Engel erkannten es als einen Plan für die Erde, eine potentielle Erde, so wie der Bauplan eines Hauses ein potentielles Haus war. Engel alleine konnte keine Welt erschaffen,doch ein Engel mit einem solchen Plan konnte es, so wie man auch ein Haus ohne Architekten bauen konnte, wenn man einen Bauplan hatte.

"Sein erster Entwurf." sagte Gabriel "Bevor er angefangen hat, all die Fehler auszubessern."
"Denkt ihr, was ich denke?" fragte Uriel.
"Ich denke, Ich weiß einen Weg, wie wir allen Engeln im Himmel etwas zu tun geben können." sagte Luzifer.
Die Engel überlegten. Rein technisch gesehen konnten Engel nicht blasphemisch denken, aber was sie in diesem Moment taten, roch zumindes ein wenig nach Ketze.
"Mit dieser Vorlage eine eigene Welt erschaffen und dort unserer Arbeit als Engel nachgehen, während Gott hier oben versucht seine perfekte Erde zu erschaffen." dachte Michael laut
"Klingt...verlockend... aber auch gefährlich." Gabriel hatte erneut angestrengt nachgedacht. Diesmal gefiel ihm das Ergebnis.
"Es ist eine Übung. Wir wollen nicht ewig auf unserer Welt bleiben, wir wollten nur für die Zeit gerüstet sein, wenn er seine Welt perfektioniert hat." sagte er.
Die Erzengel nickten beeindruckt. Es war fast eine Lüge, etwas wozu ein Engel eigentlich nicht imstande sein sollte.
"Und wenn es soweit ist, lassen wir diese Erde einfach untergehen oder werfen sie in den Müll." fügte er hinzu.
Die Erzengel schienen sich einig zu sein. Nur einer war noch nicht überzeugt.
Azrael nahm das Abbild der Welt in die Hand und bcäugtc cs kritisch.
"Es ist keine besonders gute Welt." sagte er "Die

Leute die auf ihr leben würden nicht sehr glücklich sein. Es würde Naturkatastrophen und Unfälle geben, ein allmächtiger Perfektionist wie Gott würde das auf seiner Welt nicht zulassen."

"Eine schlechte Welt ist besser als keine Welt!" erwiderte Luzifer und erhielt dafür allgemeine Zustimmung.

"Was ist, wenn sich die Menschen bei Gott darüber beschweren?" fragte Azrael, aber er merkte, dass sein Widerstand immer schwächer wurde. Zu verlockend war die Aussicht auf einen Beginn der Schöpfung.

"Was soll dann sein?" fragte Luzifer "Gott hört nicht einmal uns an und wir sind seine Erzengel. Als ob er den Menschen Gehör schenken würde." Azrael dachte kurz nach und nickte dann "In Ordnung. Machen wir es so."

Erneut verging eventuell Zeit. Vorbereitungen mussten getroffen und Engel informiert werden, schließlich erschuf man eine Erde nicht einfach heimlich neben den Mülltonnen.

Gott probierte erneut eine Erde aus, die ihm nicht gefiel und fing nochmal von vorne an. Dabei freute er sich, dass seine Engel allesamt fröhlich und geschäftstüchtig wirkten, verschwendete aber keinen Gedanken darauf, warum das so war.

Und als er wieder in seiner Wolke verschwunden war, erschufen die Engel die Erde.

Und Luzifer sprach: "Es werde Licht."

Und es ward Licht.

Schmidt und Ich

An diesem Abend starb eine Frau, weil sie ihre
Stimme zu laut erhoben hatte und ein Mann
überlebte, weil er seinen Mund hielt und in die
Oper ging.

Es war der 15. Januar 1919. Fürst Bernhard von
Bülow, 70jähriger, ehemaliger Reichskanzler, stand
am Fenster seines Hotelzimmers und sah auf das
winterliche Berlin herab. Es war ein Genuss für
ihn, nach den letzten Tagen einen stillen Abend zu
erleben, der nicht von Schüssen, Schreien und
sonstigen Kampfgeräuschen gestört wurde.
Die Luft im Zimmer war schwer vor Zigarrenrauch
und moralischen Abwägungen. Von Bülow war
allein mit seinem Gewissen.
Vor kurzem hatte er erfahren, dass im selben Hotel
eine Frau festgehalten wurde und auf ihre
Hinrichtung wartete. Diese Frau war Rosa
Luxemburg, bekannte Kommunistin und eine der
Anführerinnen des Aufstandes, der Berlin in den
letzten Tage in ein Kriegsgebiet verwandelt hatte.
Als er davon erfuhr, hatte er noch eine
Viertelstunde, wollte er nicht zu spät in der Oper
erscheinen. Seine Gattin hatte ihn gebeten, dafür zu
sorgen, dass Luxemburgs Leben verschont würde.
Er zweifelte nicht daran, dass er dies erreichen
könnte, sein Wort würde bei den Freikorpssoldaten

bestimmt Gehör finden. Um zu entscheiden, ob er dem Wunsch seiner Frau nachkommen würde, hatte er sich allein auf sein Zimmer zurück gezogen. Die Viertelstunde war nun fast um und eine Entscheidung war gefallen. Er wandte sich vom Fenster ab und ging entschlossenen Schrittes zur Tür. Er würde nicht zu Gunsten von Rosa Luxemburg intervenieren, das war seine Wahl.

Seine Hand war bereits auf dem Weg zur Türklinke, als er hinter sich jemanden klatschen hörte.

Der Schock fror seine sämtlichen Bewegungen ein. Noch vor einem Augenblick, war das Zimmer leer gewesen, der einzige Eingang war direkt vor ihm und das Fenster von innen verriegelt.

Die Schockstarre währte nicht lange. Er war ein erfahrener Politiker und Staatsmann und hatte gelernt, sich schnell von Überraschungen zu erholen. Er nahm mit der linken Hand seine noch brennende Zigarre aus dem Mund, während seine Rechte unauffällig in die Innentasche seines Mantels griff, dann drehte er sich um.

Vor ihm, fast an der selben Stelle am Fenster, an der er selbst eben noch gestanden hatte, stand ein fremder Mann mittleren Alters und klatschte langsam in die Hände, den scharfen Blick unbeweglich auf von Bülow gerichtet. Sein Haar war kurz geschnitten, was von Bülow vermuten ließ, er wäre Soldat, doch er trug keine Uniform sondern eine dunkle Jacke, die aus Leder zu sein schien. Als er sich der vollen Aufmerksamkeit des

Fürsten sicher war, hörte der Mann auf zu klatschen.

„Gut gemacht, mein Herr." sagte er.

Sofort fiel von Bülow auf, dass mit der Art, wie er sprach, irgendetwas nicht stimmte, auch wenn es wie perfektes Deutsch mit preußischem Akzent klang.

„Was meinen sie?" fragte er „Wer sind sie?"

„Nennen sie mich Johann Schmidt, wenn sie möchten; und ich wollte ihnen dazu gratulieren, dass sie gerade den Tod eines Menschen beschlossen haben."

Woher weiß er das? Fragte von Bülow sich, während ihm vor Überraschung die Zigarre aus der Hand fiel.

Bevor er reagieren konnte, machte Schmidt einen großen Schritt auf ihn zu. Instinktiv wich er zurück und zog die Pistole aus der Manteltasche. Er richtete sie auf den näherkommenden Mann.

„Bleiben sie stehen!" rief er, doch Schmidt kam weiter näher, die Augen auf von Bülow fixiert.

Der umfasste die Waffe mit beiden Händen und drückte ab.

Schmidts Stiefel landete auf der Zigarre und trat sie aus.

Von Bülow zog den Abzug erneut, doch wieder gab die Waffe nur ein leises Klicken statt eines Knalls und einer Kugel von sich.

„Sie sollten vorsichtig sein." sagte Schmidt, nach unten auf die ausgetretene Zigarre deutend „Mit solchen Unachtsamkeiten könnten sie das ganze Hotel niederbrennen."

Hat er nicht gemerkt, dass ich versucht habe, ihn zu erschießen? dachte von Bülow. Schmidt schien ihm die Frage vom Gesicht abzulesen.

„Stecken sie doch das Ding weg. Ohne Kugeln ist es noch nutzloser als es ohnehin schon ist."

Von Bülow verstaute die Waffe wieder in seinem Mantel. Er war sich sicher, sie am Morgen geladen zu haben, doch jetzt war sie in der Tat leer.

„Woher wussten sie, dass keine Patronen in der Waffe sind?" fragte er.

„Ich habe es gesehen. Ich habe es getan." Schmidt drehte sich um und schlenderte zurück zum Fenster.

„Verraten sie mir: Warum werden sie nichts unternehmen, um Frau Luxemburgs Tod zu verhindern?"

Von Bülow überlegte, ob er um Hilfe rufen sollte. Der Fremde war offensichtlich verrückt, nicht einmal seine Augen hatten sich bewegt, als von Bülow ihn mit der Waffe bedroht hatte. Er war gefährlich. Es war wohl besser, ihn nicht zu provozieren.

„Sie ist eine Gefahr für unser Volk." antwortete er „Wenn sie die letzten Tage in der Stadt waren, haben sie gesehen, was sie anrichten kann."

„Wirklich?" sagte Schmidt und sah aus dem Fenster „Die Stadt sieht noch ziemlich intakt aus."

„Die Gebäude vielleicht, aber die Köpfe der Menschen sind es nicht. Sie sind verwirrt, aufgehetzt, wissen nicht mehr was Recht und Ordnung sind."

„Dann ist es ja nur vernünftig, sie wie tollwütige Tiere zu erschießen."

Das Wort „Genau" war bereits auf dem Weg zu seinem Mund, bevor von Bülow, die Falle, in die er zu tappen drohte erkannte. Er konnte seine Zustimmung noch gerade so mit einem heftigen Räuspern übertönen.

„Natürlich nicht." sagte er stattdessen „Jene Toten sind die Schuld der kommunistischen Aufwiegler. Die haben hier einen Krieg angefangen und im Krieg gibt es Tote."

Schmidt drehte sich mit solcher Gewalt um, dass von Bülow erneut zurückwich.

„Na dann ist ja alles in Ordnung!" donnerte er den Fürsten an „Menschen sterben, aber es ist Krieg, kein Problem. Unschuldige Frauen werden ohne rechtliche Grundlage festgenommen, verhört und hingerichtet, sie sind ja schließlich eine Gefahr für das deutsche Volk."

Sein Mund! Nun sah von Bülow, warum die Sprache des anderen Mannes ihm so seltsam vorgekommen war. Die Bewegungen seines Mundes passten nicht zu den Worten, die heraus kamen. Ganz deutlich hatte Schmidt das letzte Wort mit zwei Silben geformt, aber von Bülow hatte nur „Volk" gehört.

Einige Sekunden standen die beiden sich schweigend gegenüber, bevor von Bülow seine Augen von Schmidts Lippen lösen und sich auf seine Worte konzentrieren konnte. Er überlegte kurz, ob er widersprechen sollte, sah aber keinen Sinn darin. Schmidt hatte seine Rechtfertigungen mit wenigen Sätzen zerstört und die Wahrheit, die er mit ihnen überdecken wollte, füllte nun seinen Verstand. Er schleppte sich zu einem der Sessel und sank, gesenkten Blickes, darin zusammen.

„Es ist nichts in Ordnung." sagte er leise, fast flüsternd „Es widerspricht meinem Rechtsgefühl in jeder nur erdenklichen Art."
„Und doch lassen sie es geschehen." sagte Schmidt, jetzt wieder leiser fast empathisch klingend „Warum?"
Bernhard von Bülow schlug die Hände vors Gesicht und schwieg, doch Schmidt gab nicht nach.
„Warum lassen sie dieses Unrecht zu?"
Seine Hände sanken zurück in seinen Schoß. Seine Augen, mit denen er Schmidt ansah, waren nicht mehr die Augen eines stolzen Adeligen oder die eines gewieften und erfahrenen Staatsmanns. Es waren die Augen eines müden alten Mannes, in einer ihm fremd gewordenen Welt.
„Weil mir der Mut fehlt, es zu verhindern." sagte er, seine Stimme noch leiser als zuvor.
Er schluckte schwer und fuhr fort:

„Mein Leben lang wusste ich, wer der Feind ist: Die Linken, die Kommunisten, die Umstürzler, die uns allen an den Kragen wollten. Die letzten Wochen musste ich mehr und mehr daran glauben, jede Nacht hörte ich die Kampfgeräusche, die Schreie, jede Nacht habe ich mich gefürchtet, wenn es schien als kämen sie näher, jede Nacht schlich ich zum Fenster, immer voller Angst davor, Männer mit roten Fahnen das Hotel stürmen zu sehen, immer die Berichte aus Russland vor Augen..." seine Stimme brach ab. Er griff nach einer auf dem Tisch stehenden Flasche Weinbrand, öffnete sie und trank einen langen Schluck, direkt aus der Flasche.

„Aber all meine Befürchtungen traten nicht ein, der Aufstand ging zu Ende. Gestern konnte ich wieder durch die Stadt gehen. Ich sah die Leichen, die Leute die als Aufständische erschossen wurden, egal ob sie es waren oder nicht. Ich erkannte einige Gesichter auf den Leichenhaufen, gute aufrechte Bürger, getötet wie Vieh. Nicht von den Spartakisten, nicht von den Roten, sondern von Soldaten der Freikorps. Von denen, die unsere Leute sein sollten..."

„Und jetzt haben sie vor beiden Angst."
„Natürlich. Ich bin Fürst, war Kanzler, Vertrauensmann des Kaisers, so jemand muss die Kommunisten doch fürchten; und wenn ich wirklich versuchen würde, Frau Luxemburgs Freilassung zu erreichen, würde man mir vielleicht nicht gleich etwas antun, aber früher oder später würde man mich als Verräter an die Roten

bezeichnen und dann wäre es meine Zeit auf einem Haufen zu landen."

„Also tun sie nichts. Sie wählen den Weg der Feigheit."

Langsam nickte er.

„Ja. Ich muss zugeben, sie haben mein Selbstbild schnell und gründlich ruiniert. Bernhard von Bülow: Staatsmann, Adliger, Feigling." er schwieg einige Augenblicke „Ich schätze, sie erwarten jetzt, da sie mir die Augen geöffnet haben, dass ich meine Entscheidung nochmals überdenke, dass ich den 'Weg der Feigheit' verlasse und Frau Luxemburg das Leben rette? Ich werde nichts dergleichen tun, ich bin lieber ein lebender Feigling, als ein toter Held."

Schmidt sah ihn lange mit einem traurigen Blick an, dann sagte er:

„Ich weiß. Ich bin nicht hier um sie umzustimmen, ich bin hier um sie zu verstehen. Die Wahl ist getroffen, das Übel geschehen."

„Ich verstehe nicht..."

„Nein, das tun sie wirklich nicht. Sie sind ein Mann, der vor Angst so gelähmt ist, dass er selbst das größte Böse direkt vor seiner Nase geschehen lässt, solange es ihn selbst nicht betrifft."

Er schüttelte den Kopf und gab ein „Hmpf" von sich, eine Geräusch, das entfernt wie ein Lachen klang, aber davon ungefähr soweit entfernt war, wie die KPD von der Macht.

„In dieser Hinsicht sind sie ihrer Zeit um ein paar Jahre voraus." fuhr er fort.

„Was meinen sie?"

„Ich zeige es ihnen."

Schmidt ergriff von Bülows Arm und zog ihn auf die Beine. Er wollte protestieren, doch plötzlich fühlte er ein seltsames Schwindelgefühl.

Dann sah er es:

Feuer, Kirchen und Läden gehen in Flammen auf, dann ganze Städte; ein kleiner, wild gestikulierender Mann, er hielt eine Rede; Berlin in Trümmern, eine rote Fahne auf dem Reichstag; Duschen, die keine Duschen sind; Öfen, am Ende die Öfen.

Die Augen weit aufgerissen sank Bernhard von Bülow auf die Knie, in letzter Sekunde stützte er sich mit einer Hand ab, um nicht ganz hinzufallen.

„Das ist der Weg des Feiglings, den dieses Land bald einschlägt." sagte Schmidt, jetzt ohne Mitgefühl in der Stimme.

Von Bülow öffnete den Mund, schloss ihn wieder, zu überwältigt, von den Schrecken die er gesehen hatte, um ein Wort über die Lippen zu bringen.

„Nein." stammelte er schließlich „Nein. Nein..."

„Doch." sagte Schmidt und wandte sich ab „Es ist geschehen. Sie hatten eine Wahl, wie viele andere eine haben werden. Sie waren ein kleines Zahnrad in einer großen Maschine, aber sie waren eines, das entscheiden konnte, wohin es sich dreht, frei von Pflichten und Zwängen, nur sich selbst Rechenschaft schuldig; und sie haben diesen Weg gewählt. Trösten sie sich: Millionen ihrer Mitbürger werden ihrem Beispiel folgen. Denken sie die nächsten zehn Jahre über dieses Gespräch nach. Auf Wiedersehen."

Die Stiefel, der letzte Teil von Schmidt, den von Bülow sehen konnte, entfernten sich und er hörte, wie eine Tür geöffnet wurde.
„Warten sie!" rief er und erhob sich schwankend „Schmidt!"
Er wankte zur Tür, durch die Schmidt verschwunden war.
Es war die Tür zum Bad. Er stützte sich an den Türrahmen und sah hinein. Das Badezimmer war leer, bis auf einen kleinen Fleck Zigarrenasche auf dem Boden.
„Schmidt!? Wo sind sie? Schmidt?"

Der Fremde war fort.
Verwirrt und erschrocken blieb von Bülow stehen. Nach einiger Zeit hörte er, wie draußen in der Stadt Kirchenglocken zu läuten begannen. Er sah auf seine Uhr.
Die Viertelstunde war um. Wenn er nicht zu spät sein wollte, musste er das Hotel jetzt verlassen.
Nein! Sagte er sich. Er konnte es nicht zulassen, nicht nach dem, was er gesehen hatte.
Er rannte zur Tür. Er würde es verhindern, wenn er sich beeilte, noch konnten sie sie nicht getötet haben. Er würde...
Die Tür fiel hinter ihm ins Schloss und erneut überkam ihn ein Schwindelgefühl.

Er würde...

Er würde seinen Fahrer anweisen müssen, etwas schneller zu fahren. Dann würde er die Oper noch rechtzeitig erreichen.

„Gehen wir, meine Liebe." sagte er zu seiner Frau, die vor seinem Zimmer gewartet hatte. Gemeinsam verließen sie das Hotel.

Er sah nicht zurück, die Erinnerungen an sein Gespräch mit Schmidt würden erst am nächsten Morgen zurückkehren, aber zu diesem Zeitpunkt war das Kind bereits in den Brunnen, oder besser, in den Landwehrkanal gefallen.

Bernhard von Bülow starb 1929 in Rom.

SBM

Magnus von Klauenberg

Für Magnus von Klauenberg war es ein ganz normaler Morgen, auch wenn es für alle anderen Nachmittag war. Er war in einem ihm unbekannten Bett neben einer ihm noch weniger bekannten Frau aufgewacht. Das beunruhigte ihn nicht sonderlich, wenigstens war es diesmal eine Frau gewesen.

Er hechtete zur Seite, um einem herannahenden Karren auszuweichen, rutschte auf etwas glitschigem in der Gosse aus und musste sich an einer morschen Holzwand abstützen, um nicht in noch mehr davon zu landen.

Er sah sich um. Die Häuser waren allesamt windschiefe Holzhütten von denen einige nur deshalb nicht nicht umgefallen waren, weil die benachbarten Häuser keinen Raum dafür ließen. Er war also in der Unterstadt, am Rande Huldenburgs. Das war seltsam, denn das Letzte, woran er sich erinnern konnte, war dass er im Rumkeller, einer feinen Gaststätte in der Innenstadt, eine Lokalrunde bestellt hatte.

Auch das beunruhigte ihn nur wenig, was ihn mehr störte, war dass er seine Hose nicht hatte finden können. Eine hastige Suche in den Räumlichkeiten, in denen er erwacht war, hatte alle restlichen Teile seiner Kleidung zutage gefördert, wobei er seine Unterhose in der Latrine gefunden und beschlossen

hatte, dass er sie nicht so dringend brauchte.
Behelfsmäßig trug er daher einen Rock, der noch
vor kurzem seiner Bettnachbarin (er hoffte, dass sie
Vorsichtsmaßnahmen ergriffen hatte, ein weiterer
Bastard, der die Erbfolge durcheinander brachte,
würde Vater nur wieder verärgern) als Vorhang
gedient hatte.

Das Fehlen seiner Hose war dabei nicht wegen des
Kleidungsstückes an sich, oder des Geldes darin
problematisch, beides gab es in seinem Elternhaus
zu Genüge, sondern weil er seinen Siegelring in
einer der Taschen getragen hatte. Dieser Ring war
für ihn so etwas wie der Zauberstab für einen
Magier, er öffnete ihm Türen, die sonst geschlossen
geblieben wären, er brachte Leute dazu, Dinge für
ihn zu tun, die sie von sich aus nie getan hätten und
er sorgte, auf Umwegen, dafür, dass er sich um die
Konsequenzen seiner Taten keine Sorgen machen
musste.

Er hatte gerade entschieden, dass er später einige
der Diener losschicken würde, um seine Hose
aufzuspüren, als ihm eine Menschentraube auf dem
Platz vor der Stadthalle auffiel. Einige von ihnen
deuteten nach oben, manche schüttelten den Kopf,
andere wieder lachten mehr oder weniger deutlich.
Magnus erkannte die Zeichen, die bedeuteten, dass
irgendetwas interessantes vorging und schloss sich
der Menge an. Sein Blick folgte einem der
deutenden Finger und er sah, dass anstelle der
städtischen Fahne etwas anderes am Fahnenmast
der Stadthalle im Wind wehte. Einige Mitglieder
der Miliz hatten soeben das Dach erklommen und

begonnen, den Gegenstand zu entfernen. Selbst aus der Entfernung erkannte Magnus, was es war.

Das Mysterium seiner verlorenen Hose war gelöst, der Tag versprach in der Tat interessant zu werden.

Es war nicht das erste Mal, dass er in den Zellen der Miliz landete. Dieses Mal warfen sie ihn nur in eine der kleinen Zellen, die für Trunkenbolde und Herumtreiber genutzt wurden und nicht mehr als Gitterkäfige waren.

„Was soll das?" fragte er den Wärter, der ihn wortlos in die Zelle gestoßen hatte „Normalerweise kriege ich eine von den gemütlichen Zellen mit Mauern. Ich werde mich über diese Behandlung beschweren, wisst ihr nicht, wer Ich bin?"

Der Wärter sagte nichts. Dafür sagte eine Stimme aus der Nachbarzelle: „Die Unterbringung sieht mir für einen Primaten angebracht aus."

Magnus sah herüber in die benachbarte Zelle. Eine Frau saß auf dem dünnen Holzbrett, dass notdürftig an der einzigen Wand befestigt worden war und mangels Alternativen als Bett bezeichnet werden musste. Sie trug (zu Magnus Bedauern) ein formverhüllendes, rotes Gewand, das aufwendig mit fremdartigen Symbolen verziert war. Einige Strähnen dunkles Haar lugten unter der tief ins Gesicht gezogenen Kapuze hervor, mehr war von ihrem Gesicht nicht zu sehen, auch weil sie ihre Augen nach unten, auf ein geöffnetes Buch in ihrer Hand gerichtet hatte. Gelegentlich schrieb sie mit ihrer anderen Hand etwas in ein zweites, kleineres

Buch, das aufgeschlagen auf dem Bett lag. Eine Magierin, dachte er. Es galt als guter Umgang sich gegenüber Magiern gut zu benehmen, gegenüber Frauen sowieso, doch Magnus hatte derartige Regeln stets mehr als Richtlinien verstanden.

„Stimmt." sagte er, ohne das Wort „Primat" zu kennen „Ich bin prima und ihr solltet besser auf euren Tonfall achten, Ich bin nämlich zufällig der Sohn des hiesigen Fürsten." Nachdem er diese soziale Allzweckwaffe losgelassen hatte, lehnte Magnus sich zurück. Normalerweise reichte es, seinen Vater zu erwähnen um Leuten Respekt abzunötigen.

Die Magierin hob ihren Blick für einen kurzen Augenblick, bevor sie weiterlas.

„Der Zweite oder Dritte?" fragte sie.

Überrascht räusperte Magnus sich.

„Der Vierte um genau zu sein."

„Stimmt, hätte Ich selbst erkennen können. Der zweite Sohn wird im Regelfall in eine Kirche geschickt und der Dritte hätte zumindest ein Mindestmaß an Anstand und Selbstachtung, da er ja unter Umständen doch die Erfolge anzutreten hat."

Dieser Kommentar saß. Magnus setzte sich kerzengerade auf und starrte die Magierin an, die ihn weiter nur beiläufig zur Kenntnis nahm.

„Ihr nehmt den Mund ziemlich voll, für jemanden der wie eine gewöhnliche Taschendiebin hinter Gittern hockt."

„Das wird nicht mehr lange der Fall sein. Ich habe Freunde in der Stadt und unrechtmäßige Zauberei ist hier nur eine kleine Straftat. Außerdem würde

Ich sagen, in diesem Fall war es einen kleinen Gefängnisaufenthalt wert. Ich hätte nur zu gern gesehen, wie der Denklegastheniker geguckt hat, als er seine Hose am Rathaus hat wehen sehen."

„Ihr habt mich dazu gebracht!" fuhr es aus Magnus heraus.

Erneut sah die Magierin für einen Augenblick auf. „Kann sein, Ich habe Probleme dabei mir Gesichter zu merken, wenn derjenige seine Hose in der Hand und seine Unterhose auf dem Kopf trägt. Gesichter sind in so einer Situation einfach weniger bemerkenswert. Ein kleiner Beeinflussungszauber wird mir in dieser Hinsicht bestimmt als Notwehr anerkannt."

„Wenn ihr euch mein Gesicht nicht merken konntet, muss das, was ihr stattdessen gesehen habt, euch ja mächtig beeindruckt haben."

Der Stift, eben noch im Schreiben, verharrte bewegungslos in der Luft, entweder weil seine Halterin zu schockiert war, oder, so hoffte Magnus, weil sie von seiner unglaublichen sexuellen Anziehungskraft überwältigt war.

Sie kam nicht mehr dazu, zu antworten, denn in diesem Moment erschien der Wärter, um sie freizulassen. Hastig sammelte sie ihre Sachen zusammen und verließ ihre Zelle, wobei sie Magnus keines Blickes würdigte. Als sie fast schon aus dem Raum war, drehte sie sich plötzlich zu dem Wärter um, flüsterte ihm etwas ins Ohr, steckte ihm etwas zu und deutete auf Magnus, dann gingen beide heraus.

„Ja, sie will mich." dachte Magnus und lehnte sich zufrieden zurück.

Gleich würden man ihn raus lassen und sie würde draußen auf ihn warten und dann konnten sie sich in eine der dunklen Gassen des Viertels zurückziehen und er würde ihr, zeigen, wie sehr er ihr verziehen hatte...

Seine Gedanken wurden von der Rückkehr des Wärters unterbrochen. Der trug jedoch nicht die Zellenschlüssel, sondern ein breites Grinsen und noch etwas anderes.

„Für euch, von der jungen Dame, die gerade gegangen ist." sagte der Wärter und warf den Gegenstand in die Zelle, bevor er sich kichernd entfernte. Das Objekt war gelb und gebogen. Magnus sah es eine Zeitlang an, dann zuckte er mit den Schultern und hob es auf.

Als er begann die Banane zu schälen, überlegte er, dass heute doch ein guter Tag war. Immerhin hatte ihm das Leben schon eine Gratisbanane beschert und das war doch besser als Nichts.

Wer mit Münstern kämpft...

Es war eine schlechte Zeit und es war … na ja, es war nur eine schlechte Zeit. Im Jahr 1535 war Münster unter der Herrschaft der radikalreformatorischen Wiedertäufer. Die Stadt wurde deswegen seit Monaten belagert und die Wiedertäufer selbst duldeten keinen Widerspruch und richteten jene, die sich gegen sie aussprachen in Massen hin. Das Blut floss in Strömen durch die Gossen Münsters und vermengte sich mit den Tränen derjenigen, die noch das Glück (oder wie einige meinten: Unglück) zu haben, sich noch unter den Lebenden zu befinden.

Wobei ihr mich nicht falsch verstehen dürft, ich meine nicht, dass da Blut und Tränen in der gleichen Menge waren. Bei einer Hinrichtung verliert die Ehefrau des hingerichteten vielleicht ein Pinnchen an Tränen, ihr (dann Ex-) Mann aber genug Blut für eine ganze Lokalrunde (also Schnaps, nicht Blut, ihr wisst, was Ich meine). Was Ich sagen will ist also, dass da wesentlich mehr Blut als Tränen durch Münster floss, quasi Tränengewürz in der Blutsuppe. Aber Ich schweife ab, zurück zur Geschichte:

In diesen Tagen war Münster erfüllt von Hunger, Angst vor den Leuten vor der Stadt, die einem an den Kragen wollten, noch größere Angst vor den Leuten in der Stadt die einem an den Kragen wollten, falls man den Mund aufmachte und dem Gestank von Tod und Sieche. Doch ein Mann litt darunter besonders.

Niemand verstand die Schrecken und die Hoffnungslosigkeit dieser Tage besser, als der Mann, der darüber Buch zu führen hatte.

Paul Heyde saß in der Schreibstube des Kerkers. Seine Aufgabe war es, ankommende, entlassene und hingerichtete Gefangene zu dokumentieren. Für jeden einzelnen verfasste er daher eine Urkunde, was einige Zeit in Anspruch nahm, und reichte sie an den Jungen weiter, der an einem kleinen Tisch neben ihm saß. Der Junge fertigte dann zwei Kopien an, denn wenn uns die deutsche Geschichte eins gezeigt hat, dann dass Massenmord nur dann Sinn macht, wenn er von einer ordentlichen Bürokratie dokumentiert wird.

Früher hatte Paul in diesem Beruf viel Freude gehabt. Er verbrachte seine Tage damit, vielleicht eine handvoll Urkunden zu schreiben, jede einzelne in seiner schönsten Schrift, jede Zeile genau im gleichen Winkel, genau im gleichen Abstand, so dass am Ende ein kleines Kunstwerk entstanden war. Heutzutage kam er bei dem Anfertigen von Hinrichtungsbescheiden kaum noch hinterher.

Am Morgen hatte die Wache ein Dutzend Gefangene abgeholt, um sie zu hängen. Paul hatte lange an diesen zwölf Dokumenten gesessen und war am Nachmittag froh, endlich fertig zu sein, als die Wachen zurückkehrten.

„'Tschuldige Paul, aber du musst die Urkunden

nochmal neu schreiben." sachte der Wachhauptmann.

„Warum das denn?"

„König Johannes hat spontan beschlossen, dass die Gefangenen heute geköpft und nicht gehängt werden sollten."

„Schon wieder? Wenn er so weitermacht, lasse Ich das 'Hinrichtungsart'-Feld demnächst leer und trage erst am nächsten Tag ein."

Hier muss Ich nochma' kurz was sagen. Der König Johannes war in Wirklichkeit ein holländischer Prediger, der Jan van Leiden (ein passender Name, wenn man bedenkt, was unter ihm in Münster so abging) hieß und in Münster unter anderem verkündete, dass an Ostern 1534 unser Herr Jesus Christus in Münster zurückkehren würde und die Vielweiberei einführte. Das denk Ich mir nicht aus, das war wirklich so. War also ziemlich durchgeknallt, der Typ, kommt ja bei Geistlichen häufiger mal vor, wenn Ich da an die verschiedenen irren Päpste denke (kennt ihr die Geschichte von der Leichensynode? Muss Ich euch mal irgendwann erzählen.) oder den Thorben Mützer, der irgendwo in Sachsen geglaubt hat, dass sein Glaube ihn gegen Kanonenkugeln schützt. Ich könnte jetzt ja sagen, die Christen ham doch alle 'n Rad ab, aber das würde die Marianne nich' gut finden. Die Marianne, das is' meine neue Freundin, die ist total religiös, aber gib der nen Cocktail aus und die wird rattig wie sonstwas. Das eine Mal hat die....²

Das is' ganz anders als bei meiner Exfrau, da erinnerte am Ende nicht nur der Geruch an toten Fisch. Da bin Ich echt froh, dass die mit ihrem Jan-Jonas (dämlicher Name, Jan oder Jonas alleine wären ja noch zu ertragen, aber Jan-Jonas?) abgehauen ist. Hoffe du bist glücklich als Frau eines arbeitslosen Alkoholikers, Bärbel!

Oh, hab Ich jetzt echt soviel Unsinn erzählt? Ihr müsst doch mal was sagen, wenn Ich anfange abzuschweifen, also zurück nach Nürnberg...
Münster:
Paul wusste, dass es nun ein langer Tag sein würde und das auf einen Ostersonntag, doch damit war noch nicht genug, die Wachen hatten einige neue Gefangene mitgebracht und neben dem normalen Papierkram machte einer davon Probleme, weil er Ausländer war.
„Wie heißt du?"
Der Fremde sah ihn verständnislos an.

---

²1   Der Verlag hat sich entschieden aufgrund von Anstand und Moral an dieser Stelle einige Absätze über das Privat- und Intimleben des Autors zu streichen.² Wir bitten dies zu entschuldigen

2   Sollten sie kein Fan von Anstand und Moral sein, freuen sie sich auf unseren neuen Sammelband: „Die 20 lustigsten Bettgeschichten (Ja, es geht um Sex!)" in dem die hier weggelassenen Absätze bald veröffentlicht werden, zusammen mit anderen Beiträgen unter anderem von Hertha Reitmann, den 69ern, Franz Hartnagel und Habken Pornonamé.

„Der ist bestimmt Türke, die haben doch neulich Wien belagert. Bestimmt haben die ihn da vergessen." flüsterte einer der Wächter.

„Sprichst du Deutsch?" versuchte es Paul weiter.

„עברית‟ antwortete der Mann, niemand verstand ihn.

„Prithee goode Sire, do ye speake englishe?" erschöpfte Paul seine Sprachkenntnisse, doch auch hier bekam er keine Antwort. Er gab auf und begab sich auf das Niveau, dass normalerweise für Kinder und Betrunkene reserviert war. Er deutete auf sich.

„Paul Heyde." sachte er und zeigte auf den Fremden. Der schien zu verstehen.

„Jeshua ben Josef." sagte er, mit dem Daumen auf sich selbst deutend.

„Gut, das klingt wie ein Name, das nehm' Ich." sagte Paul und begann, das Dokument zu schreiben.

„Hab Ich doch gesagt, 'nen Türke!" sachte derselbe Wächter, der sich vor der Belagerung manchmal mit seinem Schwager aus dem fernen Paderborn unterhalten hatte und sich deshalb als Experte für fremde Völker und Kulturen begriff.

„Die Türken Christen?" fragte Paul „Oder was soll Ich bei Religion schreiben?"

„Frag ihn doch."

Diesmal sparte sich Paul den verbalen Teil. Er zeigte auf den Fremden, dann auf ein Kruzifix, dass an der Wand hing und sah ihn fragend an. Der Mann erblasste, hob schützend die verketteten Hände und schüttelte vehement den Kopf.

„Also Heide." sagte er und schrieb weiter „Der Nächste."

Es war später am selben Tag, viel später. Die Lichter waren fast alle aus, nur eine Kerze brannte noch auf Pauls Schreibtisch, an dem er jetzt zusammen mit Martin, dem Folterknecht saß. An seinem kleineren Tisch kopierte der Junge immer noch die letzten Schriftstücke.
„Ich weiß nicht, wie lange Ich so noch arbeiten kann." sachte Paul „Wie soll Ich stolz auf meine Arbeit sein, wenn alle meine Schriftstücke wie hingeschludert aussehen?"

„Ich weiß was du meinst." sachte Martin „Früher, wenn einer hingerichtet werden sollte, hab' Ich Ihn die ganze Woche unten in der Folterkammer gehabt, Ich konnte alles an ihm ausprobieren, die Daumenschrauben, die eiserne Jungfrau, den gespickten Hasen die Streckbank, wenn Ich richtig Zeit hatte, konnte Ich sogar seine Kniescheibe mit Hammer und Meißel zertrümmern, danach waren die armen Schweine jedes mal froh, wenn der Kopf abgemacht wurde. Und jetzt? Zuerst habe Ich so viele Kunden, dass Ich gar keine Zeit habe mich mit jedem für mehr als ein paar Minuten zu beschäftigen und als Ich mich daran gerade gewöhnt hatte, sagt der König, dass man Leute die zum Tode verurteilt wurden nicht mehr foltern solle? Was soll so was? Jetzt muss Ich Taschendiebe und Versicherungsbetrüger foltern, darf das aber nicht zulange, weil sie ja nichts schlimmes gemacht haben. Ich hab meinen Hammer und Meißel schon seit Monaten nicht mehr benutzt. Für nichts hat man heute noch Zeit, früher war das besser."

„Stimmt." sachte Paul.

„Früher durfte Ich auf einem Rübensack sitzen." sachte der Junge „Dann gab es Hungersnöte und Ich musste auf einem Sack mit Kalkstein sitzen, dann wurde die Hungersnot schlimmer und sie haben mir den Sack weggenommen, um den Kalkstein zu zermahlen und als Milchersatz zu benutzen. Und jetzt muss Ich auf einem Sack Brennholz sitzen. Früher war das besser."

„Stimmt." sachten die beiden Männer.

„Warum nimmst du dir keinen Stuhl?" fragte Paul dann.

„Ich hab' schon noch meinen Stolz."
Schweigend saßen die drei im schummrigen Kerzenlicht.

„Ich habe nachgedacht." verkündete Paul nach einiger Zeit.

„Ja?" sachte Martin.

„Irgendwie geht es mit dieser Stadt abwärts. Nicht einmal mehr den Folterknechten macht die Arbeit Spaß."

„Stimmt."

„Das Wachhaus hier grenzt direkt an die Stadtmauer. Um genau zu sein, schließt diese Wand da direkt an die Stadtmauer an."

„Worauf willst du hinaus?"
Paul sah sich verschwörerisch um. Sie waren allein, der Gefängniswärter war damit beschäftigt, die

unruhigen Gefangenen (einer von ihnen hatte irgendwie Wein in den Kerker geschmuggelt) zu beruhigen.

„Wir könnten durch die Wand einen Tunnel nach draußen graben. Tagsüber schieben wir einen Aktenschrank davor und nachts graben wir."

„Ich habe Hammer und Meißel, die wir benutzen können." sagte Martin.

„Und ich weiß, wo wir Holz her kriegen, falls wir den Tunnel abstützen müssen." sagte der Junge.

So begann einer der ungewöhnlichsten Gefängnisausbrüche aller Zeiten.

Jetzt vergeht erstmal Zeit, so etwa zweieinhalb Monate. Ihr kennt das ja, in 'nem Film würde jetzt alles schwarz werden und dann würde da stehen „Zweieinhalb Monate später".

Ich hab' meinen Lektor gefragt, ob Ich das auch so machen soll, ne ganze Seite schwarz und dann „Zweieinhalb Monate später" drauf schreiben, aber der meinte, das wär' keine gute Idee, weil das zuviel schwarze Farbe kostet und wir alle ja sparen müssen, also lass' ich's"

Auf jeden Fall haben die Drei es jetzt endlich geschafft, sich durch die Mauer zu graben und kommen außerhalb der Stadt aus dem Loch gekrochen.

„Wir sind durch!" sachte Martin.

„Endlich frei." sachte Paul.

„Was machen wir jetzt?" fragte der Junge.

„Wir hauen ab." sachte Martin.

„Wohin?"

„Irgendwohin, wo uns keiner findet."

„Das wird schwer."

„Warum?"

„Hinter uns ist die Stadt, da wollen wir nicht hin und vor uns, sind jede Menge Leute in Uniform."

„Was? Wo?"

„Da vorne am Waldrand, sie beobachten uns schon eine Weile."

Martins Antwort wurde von dem Knall einer abgefeuerten Kanone übertönt. Obwohl das Geschoss hinter ihnen in der Stadt einschlug, warfen die Flüchtlinge sich zu Boden.

„Aus dem Regen in einen Sturmangriff, ganz toll." sachte Paul.

„Ich weiß, was in so einer Situation zu sagen ist." sachte der Junge.

„Was?" fragte Martin.

„Scheiße!"

So, hier ist die Geschichte jetzt zu Ende. Ihr werdet jetzt rufen: „Das ist doch kein Ende, wie geht's aus?". Aber das weiß Ich doch nicht. Ich bin nur der Erzähler. Ich wollte nur eine Stelle nehmen, wo einer flucht, denn „Scheiße" ist ein gutes letztes Wort für eine Geschichte. Denkt euch also euer eigenes Ende, ist bestimmt besser als meins, vielleicht überleben die drei ja irgendwie und machen in einer anderen Stadt eine eigene kleine Folterkammer auf, die dann bis heute bestehen bleibt und Heimatfilme produziert. Vielleicht gibt's aber auch 'ne große Actionszene und am Ende sterben alle, Ich weiß nich'. Eigentlich wollte Ich hier ja noch die Moral von der Geschichte hinschreiben, die hab' Ich aber grade vergessen, also einfach nur Tschüss, Ich war euer Erzähler.

Der Process

Nach einer Idee, die Franz Kafka nicht gefallen hätte

Im Winter des Jahres 897 stieß sich Papst Stephan VI. beim Lustwandeln in den Gärten des Vatikans seinen großen Zeh an einem herumliegenden Stein. Für diesen heimtückischen Angriff auf den Stellvertreter Gottes auf Erden klagte der Papst den Stein umgehend wegen Ketzerei, versuchtem Mord und böswilligem Herumlungern an.

Thomas von Dortmund, ein im Kirchenrecht bewanderter Diakon wurde dem Stein als Pflichtverteidiger zur Seite gestellt. Noch vor einem Jahr hätte er einen derartigen Auftrag nie ernst genommen, doch seit Papst Stephan, noch am Tag seiner Ernennung seine eigene Mutter, den Schatten des Erzbischofs von Konstantinopel und den Priester, der über die Weisung letzteren zu verteidigen gelacht hatte, angeklagt, verurteilt und hingerichtet hatte, zog er es vor allen Anweisung des heiligen Stuhls auf den Buchstaben genau zu folgen. Im Moment verlangten diese Buchstaben ein Beratungsgespräch mit seinem Mandanten.

„Ich denke unsere Verteidigungsstrategie sollte sein, in allen Anklagepunkten ein Geständnis abzulegen." sagte er zu dem Stein, der auf päpstliche Anordnung hin, mit zwei schweren

Ketten an den Boden gekettet worden war „Man wird euch zwar trotzdem hinrichten, aber wenigstens wird euch die Folter erspart bleiben und glaubt mir, die Dinge die in den Folterkammern des Vatikans geschehen, würden selbst Steine zum Weinen bringen."

Der Stein blieb tapfer und weinte nicht.

„Ich halte euer Schweigen nicht für klug. Ihr legt eurer Verteidigung damit nur Steine in den Weg."

Die Miene des Angeklagte blieb wie versteinert.

„Ich hoffe ihr vergesst nicht, ihn darauf hinzuweisen, dass das Herz der Anklage in dieser Sache hart wie Stein sein wird." sagte eine hämische Stimme hinter Thomas, der sich daraufhin erhob, denn er kannte den Sprecher.

Johannes von Gelsenkirchen war die Person, die Thomas im ganzen Vatikanstaat am wenigsten ausstehen konnte und in einem weiteren Beweis von Gottes unergründlichem Sinn für Humor, Thomas direkter Vorgesetzter.

„Gute Nachrichten, Bruder Thomas." sagte Johannes, mit einem Lächeln, das etwa soviel Freundlichkeit enthielt wie eine Tonne Meerwasser mit einem Hai darin „Der Papst hat einen neuen Auftrag für dich."

Thomas fühlte einen Augenblick lang Erleichterung, doch dann überkam ihn Misstrauen. Es konnte eigentlich nur besser sein, als einen Stein zu verteidigen, doch Johannes Lächeln verhieß nichts Gutes.

„Was ist der Wunsch des heiligen Vaters?" fragte er „Wen soll ich diesmal verteidigen?"

„Den Papst."

„Entschuldigt Bruder, meine Ohren müssen von dem anregenden Gespräch mit meinem Mandanten etwas taub geworden sein. Es klang so, als hättet ihr gesagt, der Papst will, dass ich den Papst verteidige."

„Korrekt, Bruder Thomas. Der Papst ist überzeugt, dass der Papst sein Amt missbraucht hat, unter anderem, indem er den Papst zum Bischof von Anagni gemacht hat. Für dieses und weitere Vergehen des Papstes will der Papst ihn nun zur Rechenschaft ziehen. Da der Papst nicht will, dass jemand behauptet, der Papst hätte kein faires Verfahren bekommen sollst du den Papst verteidigen. Irgendwelche Fragen soweit?"

Einige Fragen und Antworten später schritten die beiden durch die Katakomben unter dem Vatikan. „Ich soll also Papst Formosus gegen einen seiner Nachfolger verteidigen?"

„Ja."

„Neun Monate nachdem er gestorben ist?"

„Ja."

„Und der Angeklagte soll bei dem Prozess anwesend sein, obwohl er schon begraben war?"

„Ja."

„Und weil all das noch nicht absurd genug ist, soll ich jetzt mit meinem Mandanten meine Pläne für seine Verteidigung durchsprechen?"

„Ohhhh ja."

„Und es ist absolut nötig, dass ich mich mit einer

Leiche unterhalte? Ich könnte ihm meine Pläne schriftlich zukommen lassen."

„Kommt nicht in Frage. Der Papst könnte Nachfragen haben und ist wohl kaum in der Lage dir diese per Brief mitzuteilen."

„Und wenn ich in seiner Grabkammer sitze könnte er sie mir stellen?"

„Aber natürlich Bruder. Die heilige Schrift spricht an mehr als einer Stelle von Menschen, die nach ihrem Tode noch sprechen, denkt nur an den Herren Jesus höchstselbst, oder den wundersamerweise wiedererweckten Lazarus."

„Ich zweifele daran, ob sie wieder auferstanden sind, um sich Rechtsbeistand zu suchen."

„Aber sind nicht die Wege des Herrn unergründlich? Und sollte er in seiner unergründlichen Weisheit entscheiden, Papst Formosus nach seinem Tode sprechen zu lassen, so sollte sein Verteidiger doch wohl zur Stelle sein."

„Ist es denn wirklich notwendig mich hier unten mit der Leiche einzuschließen?"

„Selbstverständlich. Formosus ist schwerer Verbrechen angeklagt. Es besteht Fluchtgefahr."

Die schwere Holztür fiel hinter ihm zu und Thomas hörte, wie abgeschlossen wurde.

Er befand sich nun allein in den tiefsten Katakomben des Vatikan, wo die Gräber der Päpste lagen. Allerdings schienen nicht nur die heiligen Väter nach ihrem Tod hierher zu kommen. Dieser Ort war auch ein Paradies für Staub, Spinnweben und muffigen Geruch, der schon im Rest des

Vatikans auffällig war, aber hier beinahe körperliche Gestalt anzunehmen schien. Thomas Augen brauchten einige Zeit um sich an die nur spärlich beleuchtete Umgebung zu gewöhnen, die schwere Luft schien auch das Licht der Fackeln zu dimmen.

Nachdem er sich einige Zeit halb blind vorgetastet hatte, erreichte er schließlich die Kammer, in der man den wieder aus seinem Grab geholten Papst Formosus aufgebahrt hatte. Dieser Raum war besser erleuchtet, ein Umstand den Thomas schon nach dem ersten genaueren Blick bedauerte, denn mehrere böse Überraschungen erwarteten ihn hier. Die erste war, dass er nicht allein mit der Leiche war.

Bruder Mario, Verwalter und Pfleger der Papstgräber war hier. Dieser Posten wurde im allgemeinen von Priestern ausgeübt, die von ihren Vorgesetzten zwar als kompetent aber aus diversen Gründen nicht für Arbeit in der Öffentlichkeit, oder sogar bei Sonnenlicht, geeignet, angesehen wurden. Diese Gründe reichten von Ansichten über Körperhygiene bis zu übermäßigem Enthusiasmus beim Verbrennen von Sündern. Mario schaffte es, selbst vor diesem Hintergrund als merkwürdig aufzufallen. Er war ein kleiner, wieselgesichtiger Mann, dessen Augen, Hände und Füße große Probleme hatten, still zu halten und sich in einem andauernden Tanz um- oder miteinander bewegten. Des weiteren sprach er scheinbar kein Wort Latein, sondern verständigte sich ausschließlich in einem sizilianischen Dialekt. Gelegentlich wurde er dabei beobachtet, wie er mit zahlreichen leeren Messweinflaschen durch die Gänge des Vatikans torkelte und dabei Lieder sang, die keiner der anderen Priester auch nur im Ansatz verstand. Aufgrund dieses Verhaltens hielt sich seit einiger Zeit das Gerücht, Mario sei in Wirklichkeit ein Taschendieb, der auf seiner Flucht vor den Bütteln zufällig in der Wäscherei des Vatikans gelandet sei, wo er die Kleidung des kürzlich verstorbenen päpstlichen Grabpfleger gefunden, und dann sein Glück versucht habe. Bislang hatte niemand den Mut aufgebracht, diesem Gerücht nachzugehen, denn der päpstliche Grabpfleger wurde vom Papst selbst ernannt und spätestens seit Stephan verordnet hatte, dass alle Priester von nun an ihre erstgeborenen Kinder Sieglinde zu nennen hätten, vermied man es ihm gegenüber Themen anzusprechen, die ihn erregen, oder schlimmer noch, auf neue Gedanken bringen könnten.

Geistesabwesend grüßte Thomas den Grabpfleger, während er die anderen bösen Überraschungen zu verarbeiten versuchte. Welche zuerst? Das, was auf der Bahre lag, oder das was, nicht dort lag? Ersteres war der kleinere Schock, also begann er damit.
Vor ihm auf einer steinernen Bahre lag die Leiche von Papst Formosus. Thomas hatte gehofft, dass nur noch ein Skelett übrig wäre, denn obwohl Knochen beunruhigend wirkten, hatten sie in ihrer glatten Weißheit eine gewisse Eleganz und noch wichtiger: Sie sahen nur noch ein wenig wie ein

toter Mensch aus. Die Luft in den Grabkammern hatte den Verwesungsprozess aber stark verlangsamt und so sah Formosus definitiv wie ein toter Mensch aus, ein sehr toter Mensch. Thomas hätte nie gedacht, dass ein Mensch so tot aussehen konnte. Die Teile von ihm, die nicht grau und porös waren, waren grün und schienen hier und da zu tropfen. Der von der Leiche ausgehende Gestank war so stark, dass er selbst den Muff der Katakomben überdeckte, was kein großer Trost war.

Damit hatte er zwei Überraschungen verarbeitet, doch nun kam die größte und unangenehmste. Thomas überlegte kurz, wie er das Thema ansprechen sollte und entschied sich dann, den direkten Weg zu nehmen, da er so weniger atmen musste, was in dieser Kammer nicht angenehm war.

„Bruder Mario?" sagte er und die Augen des kleinen Mannes huschten zu ihm hinüber.

„Ja, euer Durchlaucht?"

„Wo ist die rechte Hand des Papstes?"

Mario sah kurz auf die Bahre herunter, dann fixierte er einen Punkt oberhalb von Thomas' rechter Schulter.

„Am Ende seines rechten Arms" sagte er nach einigen Sekunden angestrengten Nachdenkens.

„Ich fürchte du irrst dich, Mario, das am Ende seines Armes ist keine Hand, sondern eine unfassbar schlechte Fälschung. Ich sage unfassbar Schlecht, weil es sich um einen Fichtenzweig handelt, an dem sich sogar noch die Nadeln befinden."

„Nun, vielleicht ist der Gärtner hier rein gekommen, um sich die Hand auszuborgen und hat den Zweig als Gegenleistung hiergelassen."

Mario verlor plötzlich den Boden unter den Füssen, was daran lag, dass Thomas ihn am Kragen gepackt und auf seine Augenhöhe gehoben hatte.

„Mario, ich werde die Frage noch einmal stellen und wenn mir deine Antwort dann nicht gefällt, werde ich dafür sorgen, dass Formosus' Grab in seiner Abwesenheit nicht leer steht, verstehst du mich?"

Mario nickte energisch und Thomas ließ ihn fallen.

„Nun euer Ehren, das ganze ist so, ihr wisst doch, dass es Leute gibt, die glauben, dass Knochen von Heiligen und so einen vor Unheil schützen und Glück bringen und so."

„Ja..."

„Und ihr wisst auch, dass manche dieser Leute ziemlich viel Geld haben und deshalb viel Angst haben, dieses Geld zu verlieren und deshalb einen guten Preis für diese Knochen bezahlen."

„Oh nein..."

„Und wenn einer von diesen Leuten jemanden kennt, der hier im Vatikan arbeitet, dann fragt er ihn vielleicht eines Tages...."

„Du hast dem Papst die Hand abgeschlagen und die Knochen an jemand Reiches aus der Stadt verkauft?"

„Nun, nicht an einen Reichen, mehr an viele. Die

Hand hatte immerhin fünf Finger und dann sind da noch die restlichen Knochen...."

„Und was hast du mit dem Geld gemacht?"

„Nun, kennt ihr diese Leute in Gasthäusern, mit Narben, Augenklappen und einem Kartenspiel, dass sie gerne mit Fremden, die das Spiel nicht wirklich können, spielen? Diese Leute mögen es nicht, wenn man sie nicht pünktlich bezahlt."

„Du hast dem Papst die Hand abgehackt, sie verkauft und mit dem Geld Spielschulden zu begleichen?"

„Er brauchte sie doch nicht mehr. Wenn ich das nicht gemacht hätte, hätten die mir viel mehr abgehackt."

„Ist dir klar, dass der Papst übermorgen vor dem Vatikangericht erscheinen soll? Wen glaubst du werden sie dafür verantwortlich machen, wenn sein Mandant mit einem Fichtenzweig auf die Bibel schwört?"

„Euch, euer Hochwohlgeborenheit?"

„Das war eine rhetorische Frage, natürlich mich."

„Also mein Herr, ich verstehe ja nichts von dystopischen Fragen, aber ich glaube ich weiß wie wir das Problem lösen könnten."

„Und wie?"

„Nun, hier unten liegt auch Papst Bonirgendwas, der Papst nach Vermodus hier. Wir könnten ihm seine Hand abhacken und sie dieser Leiche hier annähen...ohh... oder doch nicht..." Mario hörte plötzlich auf zu reden, als wäre ihm etwas wichtiges eingefallen.

„Warum nicht?" fragte Thomas

„Nun ich hab' grade dran gedacht, dass ich vor ein paar Monaten dringend Geld brauchte um meiner Mutter ein hölzernes Kunstgebiss zu kaufen..."

„Und da hast du Papst Bonifatius die Hand abgehackt und sie verkauft."

„Es war ein Notfall, soll meine arme Mutter sich den Rest ihres Lebens nur noch von Suppe ernähren?"

„Das ist ein Schicksal, das für dich immer wahrscheinlicher wird Mario, wenn dir nicht schnell einfällt, wo wir eine Hand für den Papst herbekommen." sagte Thomas, doch der Grabpfleger schien die Drohung nicht zu erkennen oder war nicht in der Lage, sie zu verstehen.

„Nun, wir könnten einen grünen Handschuh nehmen, ihn mit Erde füllen und an den Arm der Leiche nähen, würde kaum auffallen."

„Das ist die schlechteste Idee, die ich seit.... ungefähr dreißig Sekunden gehört habe Mario."

„Warum braucht der Papst denn überhaupt eine rechte Hand? Kann er nicht mit seiner linken schwören? Ich mache das immer so und niemanden stört's."

Plötzlich erschien in Thomas Kopf eine Möglichkeit sein Problem zu lösen und jemandem, den er nicht mochte, Schaden zuzufügen. So musste sich Erzdiakon Johannes ständig fühlen. Nun, er hatte es mit derartigen Methoden immerhin weiter in der Kirche gebracht als Thomas, vielleicht war es Zeit, ihm nachzueifern.

„Du bist Linkshänder Mario? Du kannst also auch mit links nähen?"

„Ja euer Hoheit. Warum fragt ihr?"

„Nur so. Wo bewahrst du deine Werkzeuge, Messer und dergleichen auf?"

„In einem Schrank da hinten rechts. Aber solange wir keine Hand haben, die wir benutzen können...."

„Lass das ruhig meine Sorge sein, hast du Verbandszeug hier? Ah, ich hab's schon..."

Selbst Mario schien Thomas' Verhalten nun ein wenig verdächtig.

„Habt ihr euch einen Plan ausgedacht?"

„Oh ja, und du wirst ihn zum Schreien finden. Leg doch deine rechte Hand bitte kurz auf die Bahre und schließ' die Augen."

Mario tat wie ihm befohlen.

Das letzte was er hörte, bevor der Schmerz begann, waren Thomas' Worte:

„Sieh es einmal so, Mario. Du, oder besser, ein Teil von dir ist kurz davor, rechte Hand des Papstes zu werden."

Mein Freund Philipp

Ich liebe meine Arbeit, aber ab und an entdecke Ich
mit Verwunderung, dass sie sich, mir unbemerkt, in
mein Privatleben eingeschlichen hat und Ich dabei
war, etwas törichtes, ja geradezu dämliches, zu tun.
Dies ist die Geschichte einer dieser Vorfälle.
Um klar zu stellen, wovon Ich rede; Ich arbeite als
Redakteur im Kulturressort einer überregionalen
Wochenzeitung. In dieser Funktion beschäftige Ich
mich mit Filmen, Theaterstücken, Ausstellungen
(sofern sie einem gewissen künstlerischen Standard
genügen, die sogenannte „Populärkultur" bedarf
meiner Aufmerksamkeit eben sowenig, wie der
Trog in einem Schweinestall der Aufmerksamkeit
eines Restaurantkritikers würdig ist) besonders aber
mit Literatur in ihren verschiedensten
Ausprägungen, daher verfüge Ich von Berufswegen
über beträchtliche Kenntnisse der Textanalyse.
Hier nun die Geschichte davon, wie Ich diese
Kenntnisse auf einen Freund anwendete. Dieser
Freund, wie der Titel erahnen lässt, heißt Philipp.
In unserer Freizeit spielen wir beide in der selben
Rugbymannschaft und als wir nach einem Training
gemeinsam duschten, zeigte er mir eine neue
Tätowierung, die er sich im unteren Bereich seines
Rückens hatte machen lassen, welche die Form
eines Hufeisens hatte. Den folgenden Rückweg

verbrachte Ich in Gedanken und zuhause verfiel Ich sogleich in fieberhafte Aktivität. Als erstes schrieb Ich auf eine leere Seite meines Notizbuches: „Motiv: Pferde".

Ein Motiv ist ein wiederkehrendes Textelement und ebenso kehrten Pferde wieder, wann immer man meinen Freund Philipp genauer betrachtete. Die Tätowierung war nur das Neueste, was mir auffiel, anderes hatte sich über die Jahre angesammelt und fügte sich jetzt zusammen. Sein Name war der erste große Hinweis; Philipp stammt bekanntermaßen vom Griechischen „Philippos – Pferdefreund". Ging man von hier weiter zu seinen modischen Accessoires, wurde man ebenfalls schnell fündig, eines seiner Lieblingsshirts trug den Aufdruck „Das Leben ist kein Ponyhof" und sein rechtes Handgelenk ziert ein Armband, auf dem metallische Pferde sich ein in ewiger Bewegungslosigkeit erstarrten Wettrennen zu liefern scheinen. Auch in seiner Lebensgeschichte taucht das Motiv wieder auf. Eine seiner gern wiederholten Anekdoten ist, dass seine Mutter vor seiner Geburt eine begeisterte Reiterin gewesen sei, dies jedoch mit seiner Geburt zu Gunsten ihrer Familie aufgegeben habe.

Man könnte interpretierend sagen, Philipp habe die anderen Pferde aus ihrem Leben verdrängt, aber war er ein Pferd? Jeder der beim Rugby gegen ihn gespielt hat wird mir zustimmen, dass er zumindest über die sprichwörtliche Pferdestärke verfügt und schneller auf den Beinen ist, als die meisten anderen von uns. Weiterhin werden Pferde in der

Symbolik oft mit Stolz und Tüchtigkeit assoziiert und auch Philipp verfügte über diese Qualitäten, zumindest deute Ich so seine häufigen Kommentare darüber, dass er der einzige in seinem Büro sei, der überhaupt irgend etwas zustande bringen würde. All diese Gedanken kamen mir, bevor Ich mich schlafen legte und danach hörte es nicht auf. Ich träumte wieder einmal, dass Ich einen enormen Baum (oder Turm, das Material war nicht sonderlich klar zu erkennen, was immer mein Unterbewusstsein mir sagen wollte, es hatte wohl nichts mit Baustoffen zu tun) zu erklettern versuchte. Als Ich gerade glaubte, die Spitze sehen zu können, flog ein geflügeltes Pferd an mir vor bei, was mich dermaßen erschrecken ließ, dass Ich meinen Halt verlor und fiel, woraufhin Ich vor Schreck aufwachte.

Mir war nun klar, dass Ich mich auf einer literarisch vielversprechenden Fährte befand, allerdings würde Ich mehr Informationen über Philipp sammeln müssen. Ein Blick in mein Symbollexikon zeigte etwa, dass Pferde auch als Zeichen für Leidenschaft und weibliche Sexualität standen. Aus unseren diversen Gesprächen zu diesem Thema weiß Ich, dass Philipp sich zumindest sehr für Letzteres interessiert, aber war er auch eine leidenschaftliche Person? An diese Frage anschließend kam mir der Ausdruck „Bestückt wie ein Hengst" in den Sinn, wie sah es bei Philipp hier aus? Die Verbindung dieser beiden Elemente führte mir meinen nächsten Schritt klar vor Augen: Ich würde ein paar von Philipps Ex-Freundinnen zu dieser

Thematik befragen (ihn selber zu fragen wäre etwas seltsam) und deren Auskünfte mit Statistiken vergleichen, sogleich begann Ich, die entsprechenden Telefonnummern heraus zu suchen. Während Ich blätterte, wurde mir bewusst, dass Ich für dieses Projekt noch gar keine Erkenntnisse dargelegt hatte. Warum erforschte Ich meinen Freund Philipp? So begann Ich, während Ich mit rechts mein Adressbuch durchsah, mit links einige mögliche Fragestellungen zu entwickeln. Ich war hier etwas Großem auf der Spur, soviel war klar. Hieraus würde mindestens eine Aufsatzreihe in einer Fachzeitschrift werden, aber vielleicht war mehr möglich, vielleicht hatte Ich endlich das Thema für meine Doktorarbeit gefunden, ein Vorhaben, das Ich schon seit Langem anzugehen gedacht hatte.

Ich hatte bereits die ersten vier Ziffern von Professor Siegmunds Privatnummer gewählt, als Ich erkannte, was Ich zu tun im Begriff war: Es war halb vier morgens und Ich würde dem Professor sagen, dass Ich plante, eine Dissertation über das Motiv des Pferdes in meinem Freund Philipp zu schreiben.

Was für eine blöde Idee, er würde mich auslachen.

Ich hatte doch noch gar keine Hypothesen formuliert.

Verwüstung

Prolog

Die Wüste...
Man neigt dazu, mit ihr gewisse Bilder zu assoziieren. Man denkt an eine Art großen Strand, an eine Landschaft voller Kakteen, deren Säfte seltsamerweise keine Halluzinogene enthalten. Man malt sich eine Gegend voller palmenbewachsener Oasen aus. Man erwartet ständig eine Karawane Kamele, geritten von dunkelhäutigen Herren in Bettlaken und Turbanen. Man ist ein Idiot.

Wahrscheinlich wäre Man auch ein toter Idiot, wenn Man mit solchen Vorstellungen an *diese* Wüste heranginge. Diese Wüste meinte es ernst. Sie hatte keinen einheitlichen Namen, hauptsächlich weil noch kein großes Reich die Gegend im Namen der Zivilisation erobert und alle vorherigen Namen einem eigenen untergeordnet hatte, denn was konnten Barbaren und Wilde schon von Wüsten wissen?
In diesem Fall wussten sie genug, um den Namen, so uneinheitlich sie waren, doch einen gemeinsamen Ton zu geben; *Die Todeswüste, die Dünen ohne Wiederkehr, Wüste der Gebeine, Land der ewigen Dürre*, waren einige der Namen, die vor

allem einen Gedanken transportieren sollten: Dies ist ein Ort, von dem Abstand zu halten war.

Die Passagiere des Luftschiffes, das in diesem Augenblick einige hundert Meter über der Wüste hinweg schwebte, wussten dies zum Großteil nicht. Die Wüste war nur eine weitere, wenn auch langweilige, Landschaft, die sie auf ihrer langen Reise über zweieinhalb Kontinente beobachten konnten. Wären sie gefragt worden, in welcher dieser Landschaften sie am liebsten abstürzen wollten, hätte wohl keiner von ihnen diese Wüste gewählt.

Man sagt auch, dass das Schicksal einen Sinn für Ironie habe.

Man hat recht.

Ein positiver Aspekt des Absturzes war, dass er die Eintönigkeit der Wüste auflockerte. Wo es vorher nur Dünen, Sand, Felsen, sandige Dünen und sandige Felsen gegeben hatte, gab es nun auch große Trümmerhaufen, kleine Trümmerhaufen und einzelne Trümmerteile, wobei sich ein gewisser Sandfaktor nicht leugnen ließ. Hier und da funkte und zischte es zwischen den Trümmern, als die Magie, deren Aufgabe es gewesen war, das Schiff in der Luft zu halten, sich verflüchtigte.

Was es außerdem noch gab, waren Leichen. Unmengen von ihnen, fast so viele wie es vorher Menschen auf dem Luftschiff gegeben hatte. Daran war nicht viel Positives und wenn dann, dass die Überlebenden froh waren, nicht auch unter ihnen zu sein. Vier davon waren nach und nach aus dem Wrack gekrochen und waren jetzt, da die Sonne vollständig aufgegangen war, Jeder auf seine eigene Weise mit Schockbewältigung beschäftigt.

Der Ritter hatte Holz gesammelt und ein Feuer entfacht, durchsuchte jetzt erneut die Unglücksstelle, um eventuell weitere Überlebende zu finden. Sein Gefangener saß vor dem Feuer und starrte mit einem Blick vollkommener geistiger und körperlicher Erschöpfung hinein, seine Hände immer noch in Handschellen, deren Schlüssel der Ritter verwahrte.

Der Kaufmann hatte, nachdem er wieder Luft gehabt hatte, eine wüste Schimpftirade auf die Götter und die Welt und einiges darüber hinaus angestimmt. Seine Wortwahl hätte dabei selbst einige der Luftmatrosen beeindruckt, wären sie nicht zu sehr damit beschäftigt gewesen, tot zu sein. Inzwischen hatte er sich wieder abgekühlt, allerdings nur in strikt metaphorischer Hinsicht. Er lag auf dem Sand, alle Glieder von sich gestreckt und sah hinauf zu den zwei Monden, die trotz des nun stärkeren Sonnenlichts noch sichtbar waren und ein wenig so wirkten, als würde der Himmel einen Blick zur Erde werfen.

Die Wildhüterin saß an einen Holzbalken gelehnt und erzählte. Sie sprach mit niemand Bestimmtem und weder der Gefangene noch der Kaufmann hörten ihr wirklich zu, doch das war nicht wichtig.

„Wir waren zu zweit. Meine Kollegin und Ich. Unser Fürst wollte ein paar exotische Tiere für seinen Park haben und wir sollten sie beschaffen. Wenn ich Kollegin sage, dann meine ich, dass ich das für sie war. Aber sie war für mich... Ich habe mehr in ihr....“

Sie stockte, schluckte und seufzte.

„Sie hieß Crina. Wenn man sie in einer Menschenmenge gesehen hätte, wäre sie nicht aufgefallen. Sie war ruhig, in sich geschlossen und wirkte unspektakulär. Aber wenn man sie lächeln sah, nicht das höfliche Lächeln, das man Bekannten und Vorgesetzten aus Höflichkeit zeigt, sondern eines der seltenen wahren Lächeln, eines klargemacht hat, dass sie wirklich lächelt, nicht nur so getan hat.. dann war sie die schönste Frau die ich je gesehen habe... Ich habe nie den Mut gehabt ihr das zu sagen... oder all die anderen Dinge, die ich ihr unbedingt sagen wollte... Werde ich wohl auch nicht mehr....“

„Wir werden ihrer erinnern.“ sagte der Ritter, der von seiner Suche zurück kam.

„Wenn wir in Esdun sind, werden die Grabfeuer für Tage brennen, der Himmel wird voll sein mit Feuerwerk, Trauergesänge werden die Luft erfüllen, nur gestört von den Totenglocken. Jedem, der hier gestorben ist, wird nach der Art seines Volkes der Weg zu seinen Göttern gewiesen werden und wir, die Überlebenden, werden trauern und erinnern. Doch das ist die Zukunft, nicht hier und jetzt! Wir sind noch am Leben und wir müssen entscheiden, wie wir weitermachen.“

„Ich habe nachgerechnet." sagte der Kaufmann,
ohne aufzustehen „Wir werden etwa viereinhalb...
fünf Tage brauchen, um Esdun zu erreichen, einer
der Matrosen hat mir gesagt, wir wären etwa einen
Tag vor dem Zeitplan, was bedeutet, dass man
frühestens in zwei, vielleicht eher drei Tagen
beginnen wird, nach dem ausbleibenden Schiff zu
suchen. Bis man uns hier gefunden hat, könnte es
einige Zeit dauern."

„Du meinst also wir sollten versuchen, die Wüste
zu durchqueren?"

„Die Chancen dabei scheinen mir besser, als wenn
wir hier sitzen und auf Rettung hoffen."

Der Ritter nickte; „Ich stimme zu, auf Erlösung zu
hoffen ist gut, aber die Götter sehen wohlwollender
auf jene herab, die versuchen sich aus eigener Kraft
aus ihrer Not zu befreien."

„Haben wir genug Wasser für den Weg?" fragte die
Wildhüterin.

Der Ritter warf einen Wasserschlauch in den Sand,
wo sie ihre bisherigen Funde gesammelt hatten.
Dem Klang nach war er voll.

„Ich habe noch etwas ausgelaufenes Wasser
gesammelt. Wir sollten genug für einige Tage
haben."

Der Kaufmann sah den Gefangenen nachdenklich
an.

„Warum sagst du nichts?" fragte er.

„Er spricht unsere Sprache nicht." antwortete der
Ritter „Er stammt aus einem Land im fernen

Westen. Ich bringe ihn nach Boreanien um dort verurteilt zu werden."

„Deshalb die Handschellen?"

„Ja, er ist mein Gefangener, ich darf ihn nicht eher befreien, bis er nicht am Hofe des Königs an die Palastwache übergeben wurde."

„Wäre das hier nicht eine gute Situation für eine Ausnahme?" fragte die Wildhüterin.

Der Ritter schüttelte den Kopf; „Mein Schwur lässt keine Ausnahmen zu. Er ist eines Verbrechens beschuldigt und bis der König über seine Schuld oder Unschuld entschieden hat, ist er mein Gefangener."

Damit schien alles Nötige gesagt. Man durchsuchte zur Sicherheit nochmals die Absturzstelle auf Überlebende und Wasser, fand auch noch etwas von Letzterem. Der Kaufmann ritzte mit einem Messer eine kurze Nachricht in eine der größeren Holzplanken, die größtenteils ganz geblieben war:

Sind am Tag des Absturzes mit 4 Personen nach Norden aufgebrochen, geringe Wasservorräte, Rettung erbeten.

Nachdem sie diese Botschaft an einem gut sichtbaren Ort platziert hatten, gingen sie los. Auf dem Gipfel der ersten Düne drehten sie sich nochmals um und sahen zurück. Die Wüste hatte bereits mit der Wiederherstellung ihrer Eintönigkeit begonnen und kleinere Trümmer wieder mit Sand bedeckt.

Beim Anblick der Katastrophenstelle, war der Kopf der Wildhüterin voller Unruhe. Trauer, Schmerz,

Zweifel an ihrem Überleben, trotziger Lebenswille, Ungläubigkeit hielten sich alle bei den Händen und tanzten einen wilden Ringeltanz in ihrem Verstand. Nach einem Augenblick des Zurückschauens führte der Ritter sie weiter.

Der Tag brachte Hitze. Er brachte genug Hitze für alle Überlebenden mit, für die Wildhüterin fühlte es sich schon nach kurzer Zeit so an, als hätte der Tag genug Hitze für ein mittelgroßes Kaiserreich und einige umliegende Fürstentümer mitgebracht und noch ein wenig mehr, nur um sicher zu gehen. Hitze war ein zu kleines Wort dafür, sie bezweifelte jedoch, ob es überhaupt ein Wort gab, dass die Situation angemessen beschrieb. Es hätte wahrscheinlich einen ganzen Folianten von Anfang bis Ende ausgefüllt, so wie die Hitze jeden Winkel ihrer Wahrnehmung ausfüllte. Die Wunden und Abschürfungen, die sie sich bei dem Absturz zugezogen hatte kehrten ebenfalls zurück, keine Einzelne gefährlich oder außergewöhnlich schmerzhaft, zusammen jedoch woben sie ein peinigendes Netz über ihren ganzen Körper. Manchmal schien ihr dieser Schmerz eine wohltuende Ablenkung von der allumfassenden Hitze.

Wenn ihr dies alles zu schwer zu werden schien, wenn ihr Zweifel kamen, hob sie den Kopf und sah nach vorn. Der Ritter hatte sich an die Spitze ihres kleinen Zuges gesetzt, den Gefangenen an den Handschellen führend. Er schien von Hitze und Schmerzen unbeeindruckt; Hoch aufgerichtet und allen widrigen Umständen die Stirn zeigend ging er voraus. Ab und an, wenn er glaubte, die Anderen wären zu weit zurück gefallen, blieb er stehen und ermunterte sie durch kurze Zurufe oder Gesten, aufzuschließen. Es war ein Anblick, bei dem die Wildhüterin nicht anders konnte, als sich inspiriert zu fühlen. So beschleunigte sie darauf jedes mal ihre Schritte und die Welt erschien für eine Weile wie ein etwas erträglicherer Ort.

Nach einigen anstrengenden Stunden, die Sonne schien fast senkrecht auf sie hinab, rasteten sie im spärlichen Schatten einiger Steine. Jeder trank ein wenig Wasser, wobei sowohl die Wildhüterin als auch der Ritter darauf achteten, dass jeder so sparsam wie möglich trank. Der Kaufmann beobachtete jeden Schluck aufmerksam und auch wenn es keinem, bis vielleicht auf den halbvollen Mond, der jetzt mit der Sonne allein am Himmel war, auffiel,verdüsterte sich seine Miene.
Die Rast hatte nur kurze Erholung gebracht und bald setzten sie ihren Weg fort. Gesprochen wurde kaum, gelegentlich versuchte der Ritter erneut seine Gefährten mit motivierenden Ausrufen zu ermuntern. Ein, vielleicht zwei mal sprach der Gefangene in einer kehligen Sprache zu seinem Wächter, der daraufhin leise Zwiesprache mit ihm hielt. Die beiden Anderen verstanden die Worte

nicht und konnten über den Inhalt der Gespräche nur spekulieren.

So zogen sie dahin, der Tag schien sich zusammen mit der Wüste ins Unendliche zu erstrecken. Wie schnell sie vorankamen, ob ihr Zeitplan stimmte, dass konnte die Wildhüterin bald nicht mehr sagen. Sie wusste, in welche Richtung sie gehen mussten und sie hatte sich oft genug in der Wildnis orientiert, um zu wissen, dass sie auf dem richtigen Kurs waren, doch wie weit sie auf diesem Kurs noch zu gehen hatten, wurde ihr zunehmend unklar.

Erst mit Sonnenuntergang verschwand die quälende Hitze, wurde aber bald durch ihren Zwilling, die quälende Kälte abgelöst. Sie hatten alle ein paar Holzstücke mitgetragen und die Wildhüterin entzündete damit ein kleines Feuer, nicht genug um die Kälte fernzuhalten, aber wenigstens hielt es sie davon ab, die Überlebenden ganz zu umschließen. Der Kaufmann sagte lange nichts. Während die Anderen ihre Ration Wasser tranken starrte er in das Feuer und kaute abwechselnd auf Ober- und Unterlippe. Erst als sich seine Begleiter schlafen legen wollten, sprach er.

„Ich muss mit euch reden. Lasst den Gefangenen liegen, er soll das nicht hören."

Der Ritter und die Wildhüterin waren bereit zuzuhören, doch der Kaufmann bestand darauf, dass sie einige Meter vom Feuer entfernt, außer Hörweite des Gefangenen redeten.

„Ich wüsste gerne," sagte er dann „was euer Gefangener verbrochen hat."

75

„Warum?"

Die Frage schien dem Kaufmann nicht zu gefallen. Seine Augen flogen unruhig von hier nach da, mit den Fingern seiner linken Hand trommelte auf den Handrücken der Rechten.

„Das erkläre ich später. Sagt es uns bitte einfach."

„Nein. Nur ich und meine Vorgesetzten dürfen Genaueres über meine Auftrag wissen. Ich habe einen strengen Schwur abgelegt, der mir verbietet mehr zu sagen als das, was ihr bereits wisst."

Der Kaufmann starrte ihn mit offenem Mund an.

„Wir sind mitten in der Wüste, kein Mensch wird es je erfahren."

„Kein Mensch, aber ich habe den Schwur auf die Namen meiner Götter geschworen und ich habe nicht vor, mein Wort ihnen gegenüber zu brechen."

„Du meinst, wenn ihr den Schwur brecht, schicken sie euch an einen heißen, trostlosen Ort an dem ihr unter schier endlosen Qualen zu Grunde geht? Ich würde es an eurer Stelle riskieren, es kann nur besser werden."

Es war zu dunkel, um das Gesicht des Ritters zu sehen, aber der Blick, den er dem Kaufmann zuwarf, schien die Luft zwischen ihnen zu spalten. Die Wildhüterin glaubte in der Tat einen Zug zu spüren, als er die Luft durchtrennte.

„Gotteslästerung gilt in meiner Heimat als ein schweres Verbrechen." sagte der Ritter leise.

„Sturköpfigkeit offensichtlich nicht." erwiderte der Kaufmann.

Der Ritter holte hörbar Luft. Er überragte den

Kaufmann um mehr als einen Kopf und schien mehr Muskelmasse zu haben als der Kaufmann insgesamt wog. Einen Augenblick schien es, als würde er sich auf den kleineren Mann stürzen, doch dann entspannte sich seine Körperhaltung.

„Wenn du sonst nichts sagen willst, lege ich mich jetzt schlafen."

„Wir werden alle verdursten, wenn wir weitermachen wie bisher."

„**Was?!**" sagten die Zuhörer fast gleichzeitig.

„Ich habe gerechnet, das ist Teil meines Gewerbes, das Rechnen und daher kann ich das ganz gut. Ich habe darauf geachtet, wie weit wir heute gekommen sind, wie viel Wasser wir verbrauchen und wie viel Wasser noch übrig ist. Zu Beginn hatten wir etwa genug Wasser für drei Tage, vorausgesetzt, jeder trinkt nur das absolute Minimum; Wir hatten aber eine Strecke von fünf Tagen vor uns, vorausgesetzt, wir kommen mit maximaler Geschwindigkeit und ohne Umwege voran. Wir haben also ein Wassersoll von zwei Tagen und es ist unwahrscheinlich, dass wir unterwegs mehr Wasser finden. Bei den Bedingungen unter denen wir unterwegs sind, werden wir keine zwei Tage ohne Wasser überleben, also müssen wir einen Weg finden die Differenz auszugleichen oder wenigstens zu verkleinern. Schnelleres Gehen erscheint mir ausgeschlossen, also müssen wir den Wasserverbrauch senken." Er schluckte, es war ihm offenbar unangenehm, den Gedanken weiterzuführen „Um ein Viertel."

„Was du meinst," sagte der Ritter kühl „ist, dass wir einen von uns zurücklassen sollten, um den Anderen bessere Chancen zu geben."

„Nun, ich dachte ehrlich gesagt nicht an zurücklassen. Ich dachte eher, dass ihr euer Schwert, wie soll ich es sagen?... in den Dienst der Allgemeinheit stellen könntet..."

„Kommt nicht in Frage! Ich werde nicht zulassen, dass jemand stirbt!"

„Die Zahlen lügen nicht! Ich berechne nur ungern den Preis eines Menschenlebens, aber wenn wir nichts unternehmen, sterben wir alle. Zu dritt wäre es zumindest möglich, dass wir durchkommen. Wir hätten nur einen guten Tag ohne Wasser, das könnten wir schaffen."

„Zahlen lügen vielleicht nicht, aber sie sagen selten die ganze Wahrheit. Wie berechnest du glückliche Zufälle, Hoffnung, was ist, wenn wir gerettet werden, kurz nachdem wir das Todesurteil über Einen aus unserer Gruppe vollstreckt haben?"

„Drei von uns überleben, das ist dann. Wenn wir aber nichts tun und nicht gerettet werden, dann überleben null von uns. Wir können nicht unsere Pläne auf vage Hoffnungen aufbauen, wir müssen mit dem planen, was wir haben, nicht was wir haben könnten."

„Ich werde deine Pläne nicht unterstützen. Was du vorhast ist Mord und ich werde mich nicht mit dir versündigen."

„Sünde? Sünde ist nur ein Wort. Tod durch Verdursten ist eine Tatsache. Bevor ich ein toter

Heiliger bin, werde ich lieber zum lebendigen Sünder."

„Ich werde das nicht zulassen!"

Nun verlor der Kaufmann die Fassung: „Mein Gott, Mann! Was erwartet ihn denn?!" rief er „Sein Verbrechen ist schwer genug, dass du ihn dafür quer über den Kontinent schleppst, also wird er mindestens für eine lange Zeit eingekerkert, wahrscheinlich sogar hingerichtet. Ziehen wir das ein wenig vor und es könnte für uns den entscheidenden Unterschied ausmachen. Sogar für ihn wäre es besser, er wäre nicht irgendein Schwerverbrecher, der in Schande hingerichtet wurde, er wäre ein Held, ein Märtyrer, der sein Leben für das seiner Gefährten geopfert hat."

„Du benutzt diese Worte wie ein Rabe, der nachplappert, ohne zu verstehen. Wir werden alle vier den Weg fortsetzen, wir werden alle überleben und wenn wir vor den Toren Esduns stehen, wirst du vor mir auf die Knie fallen und um Vergebung für deine torhaften Worte bitten. Diese Prüfung wäre uns nicht auferlegt worden, wenn sie uns nur in Tod oder Sünde führen könnte. Wir werden einen anderen Weg finden. Wir werden überleben. Mehr werde ich dazu nicht sagen, gute Nacht."
Der Ritter drehte sich um und ging zurück zum Feuer. Der Kaufmann rief ihm hinterher:
„Das ist alles? Blinde Hoffnung und große Worte? Darauf willst du unser aller Leben wetten?"

Der Ritter reagierte nicht, der Kaufmann sah die Wildhüterin an.

„Bitte sag' mir, dass du mehr Verstand hast als er. Was meinst du?"

„Ich... ich weiß nicht!" sagte sie und eilte dem Ritter nach, beunruhigt davon, wie wahr die Worte des Kaufmanns in ihren Ohren geklungen hatten.

Im Zwielicht vor Sonnenaufgang erwachten sie und gingen weiter. Die Nacht war unangenehm gewesen, doch nun brach der erste vollständige Wüstentag an...

Durst.. so wie die Hitze überall um sie herum war, so füllte der Durst ihr ganzes Inneres aus. Noch vor Kurzem war ihr Kopf voller chaotischer Gedanken und Gefühle gewesen, die sich in wechselnder Intensität überlagert hatten, doch jetzt gab es in dem Parlament ihres Geistes nur noch eine Partei und deren Programm war simpel: Durst! Alles was ihr vorher wichtig gewesen war, Crina, Loyalität gegenüber Fürst Herwin, die vielfältigen Geräusche in den Wäldern ihrer Heimat, die nur sie kannte und verstand, all das war weit weg, so weit weg, dass es ebenso gut nie da gewesen sein könnte... Versuchung... die Wüste ist ein guter Ort dafür. Wie ein pflichtbewusster Teufel erschien der Kaufmann an ihrem Ohr und begann leise zu sprechen:

„Du bist vernünftig, nicht wahr? Du kennst dich in der Wildnis und ihren Gesetzen aus, du lebst nicht in einer Phantasiewelt, die von Dingen wie Ehre,

Etikette, Glaubensbekenntnissen und Ritualen aufgespannt wird. Du weißt, dass man manchmal die Herde verkleinern muss, damit sie als Ganzes überleben kann, so wie ich weiß, dass man manchmal ein Geschäft mit Minus abschließen muss, um später Gewinne einfahren zu können."
„Was willst du von mir."

„Ich habe gestern gesagt, dass wir mit drei Leuten eine ernsthafte Chance haben zu überleben. Nun, seitdem sind unsere Wasservorräte weiter geschrumpft und der Ritter wird alle unsere Versuche uns so zu retten blockieren. Was ich sagen will ist: Zu zweit stehen unsere Chancen noch besser, wir könnten uns sogar einen unbeabsichtigten Umweg erlauben und hätten dennoch genug Wasser für die ganze Strecke. Der Ritter ist ein Fanatiker, rationale Argumente wirken bei ihm nicht und der Gefangene... wer weiß was für Foltern in den Kerkern seines Ziels auf ihn warten, ein schneller Tod könnte eine Erleichterung für ihn sein."
„Und du würdest sie beide töten, um dich selbst zu retten?"
„Nicht nur mich, uns beide. Wenn wir beide zusammen halten, können wir das hier überstehen, wir hätten genug Wasser um Esdun zu erreichen."
„Und man würde fragen, wo die anderen Zwei sind."
„Notwehr. Sie haben uns angegriffen um unser Wasser zu stehlen."
„Lügen, Mord... diese Dinge sind falsch,... böse."

„Normalerweise ja, aber mit Moral ist es wie mit allem im Leben: Sie muss den gegenwärtigen Umständen angepasst werden, denn was ist der Sinn von Moral, die Selbstmord gleichkommt? Normalerweise führt Mord dazu, dass es einen Menschen weniger gibt, hier aber führen zwei Fälle von Notwehr dazu, dass es zwei Menschen mehr gibt: Uns beide!"

„Du kannst nicht ernsthaft verlangen, dass ich dir helfe."

„Es ist das einzig Vernünftige!"

„Aber es ist falsch! Nicht alles was vernünftig ist, ist richtig."

„Richtig und falsch sind änderbare Dinge, Vernunft ist absolut."

Die Wildhüterin antwortete nicht. Teilweise weil ihr Durst und Hitze die Kehle zudrückten, aber auch weil etwas in ihr den Worten des Kaufmanns beipflichtete. Das machte ihr Angst.

Sie beschleunigte ihre Schritte, um den Kaufmann hinter sich zu lassen und wurde erst wieder langsamer, als sie den Ritter erreicht hatte.

„Erzähl mir eine Lüge!" sagte sie.

Der Ritter sah sie verwundert an.

„Was?"

„Das Verbrechen des Gefangenen; Sag mir, dass er etwas Kleines getan hat, ein Brot gestohlen, jemanden betrogen, irgendetwas Unwichtiges, das milde bestraft wird, bitte!"

„Warum?"

„Der Kaufmann..."

„Ahh, er hat begonnen, Zwietracht zu sähen."

„Und ich fürchte, ich beginne seinen Worten zu glauben. Wenn du mir aber sagst, dass der Gefangene nur ein Taschendieb ist, könnte ich mir sagen: Der Kaufmann hat Unrecht, sein Leben ist nicht wertlos, seine Zukunft nicht aussichtslos."

„Ich werde dich nicht anlügen. Du suchst in einer schweren Situation Hoffnung und in Lügen kann man keine wahre Hoffnung finden. Diese Wahre Hoffnung liegt im Glauben."

„Glauben an was? Wenn irgendein Gott uns retten wollte, hätte er das doch längst tun können."

„So funktionieren Götter nicht. Sie erscheinen nicht plötzlich aus einem grellen Licht und nehmen uns unsere Herausforderungen ab. Sie wirken in subtileren, fast unsichtbaren Wegen und oft erkennen nur wahrhaft Gläubige ihr Wirken. Sie sind die schicksalhafte Unebenheit der Straße, die schattenspendenen Felsen und vor allem haben sie dem Menschen das Gute in ihm selbst gegeben."

„Aber wie hilft uns das?"

Der Ritter lächelte.

„Du glaubst mir nicht. Du denkst, ich biete dir nur nebulöse Hoffnung, keine echten Auswege. Dann frage ich dich: Hast du schon einmal einen glücklichen Zufall erlebt?"

„Was meinst du damit."

„Glückliche Zufälle sind die kleinen Dinge, die uns das Leben verbessern oder sogar erst möglich machen. Hast du darüber nachgedacht, was für ein Zufall es ist, dass du überhaupt geboren wurdest? Oder, dass du noch am Leben bist? Ich weiß, dass ich mindestens einmal vor dem sicheren Tod errettet wurde: Ich war dreizehn Jahre alt, mein Herr hatte mir einen Botengang in der Stadt aufgetragen. Entlang meines Weges lag eine Brauerei an einem steilen Anstieg und just als ich dort vorbei ging, geriet eines der Fässer die verladen werden sollten außer Kontrolle und rollte die Straße herab, genau auf mich zu. Es war ein großes Fass, höher als ich, aus stabilstem Holz und so schwer, dass es drei Männer gebraucht hätte, es zu heben. Ich war völlig überrascht und vor Schreck gelähmt, ich konnte nur dastehen und dem rollenden Tod entgegensehen, der immer schneller auf mich zukam. Ich hatte kaum die Hände gehoben, geschweige denn, einen Schritt getan, da hatte es mich erreicht.

Doch ich starb nicht. Eine kleine Unebenheit in der Straße, ein einzelner Pflasterstein, der weiter hervor stand als der Rest, gab dem Fass im letzten Augenblick eine neue Richtung und es zerschlug an einer Hauswand am Ende der Straße. Es dauerte einige Sekunden, doch dann erkannte ich, was geschehen war: Jemand hatte zu meinen Gunsten in unsere Welt eingegriffen, seine schützende Hand über mich gehalten. Es war, als hätten sich die Augen meiner Seele das erste mal geöffnet, ich verstand nun, warum mein Herr und die Priester es für so wichtig hielten, den Göttern zu danken, ich verstand den Sinn all der Brandopfer die ihnen gebracht wurden. Nachdem ich den Botengang beendet hatte, eilte ich in die Kapelle und betete die ganze Nacht über bis zum nächsten Morgen. Ich hatte erkannt, dass es Kräfte gibt, die größer sind als jeder von uns, die ein Auge auf uns haben, uns leiten und uns in Zeiten größter Not, wenn wir uns nicht mehr selbst helfen können, erretten. Sie sind es, auf die ich vertraue, an die ich glaube."

„Und warum haben sie uns noch nicht gerettet?"

„Vielleicht, weil es nicht nötig ist. Denn sobald du den Glauben an das Gute außerhalb der Welt gefunden hast, weißt du, was du dann findest? Du findest den Glauben an das Gute im Menschen. So kleingeistig und schwach sie auch oft sein mögen, strebt doch jeder von ihnen auf seine Art zum Guten. Ich vertraue also auch auf dich, ich glaube, dass du ein guter Mensch bist."

„Und was soll das bedeuten?"

„Denke darüber nach. Du wirst es verstehen."

Der Gefangene sagte etwas und der Ritter wandte ihm seine Aufmerksamkeit zu . Die Wildhüterin fiel zurück, während sie versuchte nachzudenken, doch schon das Weitergehen erforderte einen großen Teil ihrer Konzentration. Vor ihr hielten der Ritter und sein Gefangener ein halblautes Zweigespräch.

„Man fragt sich, worüber sie reden." sagte der Kaufmann leise „Vielleicht schlägt der Gefangene gerade das Gleiche vor, wie ich eben. ´Wenn du deinen Auftrag ausführen willst, können wir die Beiden nicht mit durchschleppen, denk an deinen Schwur, du musst mich doch zu deinem König bringen.´"

„Der Ritter ist ein guter Mann, er würde uns nichts antun."

„Ach ja? Er ist ein religiöser Eiferer und solche Leute sind gut darin, die schlimmsten Greueltaten als gut und notwendig darzustellen. Sie haben das praktisch erfunden. Denk darüber nach, er hat meinen Vorschlag, der uns drei gerettet hätte abgelehnt, hat klargemacht, dass sein Auftrag wichtiger ist als unsere Leben. So wie ich das sehe wäre präventive Notwehr hier mehr als verständlich."

„Ich töte doch niemanden!"

„Nicht? Du bist Wildhüterin, ein eleganteres Wort für Jägerin. Willst du mir erzählen, du hättest noch nie getötet?"

Natürlich hatte sie schon zuvor getötet , meist aus der Ferne, mit Pfeil und Bogen, aber nicht immer. Nicht jeder Schuss saß und manchmal konnten angeschossene Tiere noch eine Zeitlang überleben, bevor sie schließlich qualvoll verendeten. Als Wildhüterin war es dann nötig, das Humane zu tun...

„Nur Tiere, ein Mensch ist anders."

„Nicht sonderlich, was ein Wildschwein tötet, bringt meistens auch einen Menschen um."

„Ich meinte..."

„Ich weiß was du meinst, du meinst, es sei falsch, einen Menschen zu töten, aber extreme Situationen erfordern extreme Lösungen. Ich weiß, dass der Ritter glaubt, ein reines Gewissen sei wichtiger als das eigene Überleben, aber ich bin bereit, den Rest meines Lebens Albträume zu haben, wenn das bedeutet, dass ich ein restliches Leben habe. Wie ist es mit dir?"

Die Wildhüterin schwieg lange. Widersprüchlichste Gedanken schossen ihr durch den Kopf. Die Worte des Ritters hallten darin wider, sie sah die Leichen an der Absturzstelle, die Sinnlosigkeit ihres Todes, die Erleichterung, selbst nicht dazu zu gehören... der Tag an dem sie das erste Mal ein verwundetes Reh... von seinem Schmerz erlösen musste. Seine Augen waren geöffnet gewesen, es hatte sie direkt angesehen. Der Blick war voller Schmerz und schaffte es dennoch eine erstaunlich menschliche Frage zu stellen: „Warum?"

War es wirklich so ein großer Unterschied zu einem Menschen? Einige der Passagiere hatten vielleicht mit ähnlichen Blicken in den Trümmern gelegen. Schock, Schmerz, vollkommene Überraschung über das Schicksal, das so unerwartet über sie hereingebrochen war, den erlösenden Tod erwartend. Sie wollte nicht so sterben...

Sie würde nicht so sterben, hilflos, wortlos um Gnade flehend.

„Ich werde dir helfen." flüsterte sie.

Der Kaufmann nickte nur. Sie hatte ein gehässiges Lachen oder wenigstens ein breites Grinsen erwartet, doch keines davon geschah.

„Du und ich." sagte er „Wir werden überleben."

Noch vor Sonnenuntergang schlugen sie ihr Nachtlager auf, um noch einen Teil der Dunkelheit für den nächsten Abschnitt der Reise nutzen zu können. Der Ritter und der Gefangene lagen dicht nebeneinander, als bei Zwielicht die beiden

Anderen leise aufstanden und herüber schlichen.
Der Kaufmann hatte sein Messer hervorgeholt und
näherte sich dem Gefangenen, während die
Wildhüterin einen großen, flachen Stein mit einer
spitz zulaufenden Ecke in den Händen hielt und
sich über der schlafenden Form des Ritters
hinkniete.
Sie sahen sich unsicher an, keiner bereit, freiwillig
den ersten Schritt zu tun. Der Kaufmann nickte
seiner Mitverschwörerin zu, doch die schüttelte den
Kopf und wies ihn an, anzufangen.
„Los doch, tu es!" flüsterte der Kaufmann
drängend, während das Messer, das er mit beiden
Händen umfasst hielt, über der Kehle des
Gefangenen zitterte. Die Wildhüterin nahm sich
zusammen, holte tief Luft.
Sie hob den Stein.

Warum?
Das Reh sollte gegessen werden. Es war nötig
gewesen, wenn man essen wollte, musste man
Tiere töten.
Nachdem das Reh tot war, war ihr schlecht
geworden, den Rest des Tages hatte sie nicht
einmal an Essen denken können. Der stille
Vorwurf, den das verwundete Tier ihr gemacht
hatte, war nicht schnell verblasst; Für fast zwei
Jahre ekelte sie sich vor Fleisch, weigerte sich auch
nur einen Happen davon zu essen. Sie hatte getötet
um zu essen, doch dann konnte sie es nicht mehr;
Weil sie dafür getötet hatte.
Nun würde sie töten, um zu leben. Würde sie es

hinterher noch können? Wie lange würde es diesmal dauern, bis die Schuldgefühle aufhörten? *Ich vertraue also auch auf dich, ich glaube, dass du ein guter Mensch bist.*
„Worauf wartest du?" drängte der Kaufmann.
Sie schloss die Augen. Sie spannte ihre Armmuskeln.
Der Aufprall von Stein auf Fleisch unterbrach kurz die Stille der umliegenden Wüste.
Direkt darauf unterbrach der Kaufmann, der ohnmächtig rücklings im Sand landete, sie erneut.
Die Wildhüterin warf den Stein beiseite, las das Messer auf und fühlte den Puls des Kaufmanns. Er hatte den Schlag, den sie mit der flachen Seite des Steins gegen seine Stirn geführt hatte überlebt, würde wahrscheinlich nicht mehr als eine Beule davon tragen. Er hatte recht gehabt, er würde überleben.
Nun kam der Moment, der jeder plötzlich gefällten, wichtigen Entscheidung folgt, sobald sich der erste Staub, oder in diesem Fall Sand, gelegt hat: Der Moment, in dem die Beteiligten sich umsehen und sich, mal laut, mal still, fragten: „Und was jetzt?"
Was geschah nun?
Das was geschah erstaunte die Wildhüterin mehr als ein wenig.
Der Ritter öffnete die Augen und stand in einer fließenden Bewegung, die nichts schläfriges an sich hatte, auf.
„Gut gemacht!" sagte er mit einem wissenden Lächeln „Ich hoffe, er wird sich wieder erholen?"

Sie war zu überrascht, um zu antworten, um nicht völlig schockstarr zu sein, nickte sie.

„Gut, es wäre unglücklich, wenn du jemanden getötet hättest, um nicht töten zu müssen."

„Du warst wach? Die ganze Zeit?"

„Selbstverständlich. Ich wusste, dass du es nicht tun würdest, aber es hätte ja sein können, dass du in dem anschließenden Konflikt mit dem Kaufmann Hilfe gebraucht hättest und auf jeden Fall brauchst du jetzt jemanden zum Reden. Wie geht es dir?"

„Nun, ich habe knapp einen Luftschiffabsturz überlebt, bin zwei Tage durch die Wüste gezogen. Also fühle ich mich natürlich grässlich. Aber abgesehen davon: Ich weiß nicht wirklich, erleichtert und niedergeschlagen gleichzeitig. Froh, keine Mörderin zu sein, aber traurig, weil ich feige war und deshalb nun bald verdursten werde."

„Du warst nicht feige. Feige wäre es gewesen, den leichten Weg, den Weg des Kaufmanns zu gehen. Seine Werte und sein Wesen nicht zu verraten, auch wenn einem daraus Schwierigkeiten entstehen, das ist wahrer Mut. Für das Gute und Richtige einzustehen, wenn die ganze Welt und alle um einen herum gegen einen zu stehen scheinen, ist es, was einen wahrhaft guten Menschen ausmacht. In der Dunkelheit und Ödnis hast du dieses Gute in dir gefunden und wenn dir das keine neue Hoffnung gibt, dann gibt es wohl nichts unter diesem Himmel, was es vermag."

Noch während er sprach, merkte sie, wie seine Worte sie wieder aufbauten. Als sie sich kurz

darauf schlafen legte, tat sie es mit einem Lächeln.
Ihr Schlaf diese Nacht war tief und ruhig. Nur
einmal wurde er kurz unterbrochen, als der
Kaufmann zu ihr herüberkam und flüsterte:
„Feigling, das war unsere einzige Gelegenheit,
unsere letzte Chance."
Sie schlief fast sofort wieder ein, sicher in der
Überzeugung, dass er Unrecht hatte. Chancen gab
es immer, solange es Leben gab.

Der dritte Tag in der Wüste begann. Der
Voraussage des Kaufmanns nach, war dies der
letzte ganze Tag, für den sie noch Wasser hatten.
Doch die Wildhüterin hatte dieser Prognose nun
neue Hoffnung entgegen zu stellen. Sie hatte letzte
Nacht entgegen reiner Logik gehandelt, warum
sollten sie nicht gerettet werden, so
unwahrscheinlich das auch war, bevor das Wasser
ausging.
Die Stimmung des Kaufmanns war düster
geworden. In der Sicherheit, mit seinen Ansichten
allein zu sein, war der Mut des vorherigen Tages
verschwunden. Hatte er zuvor ständig das Gespräch
mit den Anderen gesucht, hüllte er sich jetzt in
grimmiges Schweigen. Bis zu ihrer ersten Rast
hatte er noch kein Wort gesagt.
Der Optimismus, den die Wildhüterin empfand,
ließ auch den Weg leichter erscheinen. Die
Schmerzen, der Hunger, der Durst, die Hitze,sie
waren alle noch da, doch es schien, als wären sie
auf der anderen Seite einer stabilen Wand. Erstmals
war sie in der Lage, mit dem Ritter Schritt zu

halten, der immer noch ein hohes Tempo anschlug und nur gelegentlich einhielt, um auf den Kaufmann, der nun allein das Ende des kleinen Zuges bildete, zu warten.

Einer der allgemein bekanntesten Effekte, an dem sich der eingebaute psychische Hang des Menschen zum Masochismus zeigt, ist das Gefühl, dass gute Zeiten schneller vorüber gehen, als man „Was meinst du ´Freunde bleiben´?" sagten konnte. So war es dann auch dieser Tag, der der Wildhüterin am kürzesten erschien.

Der Kaufmann war zwar nicht glücklich, konnte sich die Zeit aber mit wechselnden stillen Schuldzuweisungen an seine Begleiter kurzweilig halten. Der Ritter schien bisher jeden Tag mit dem gleichen unerschütterlichen Optimismus anzugehen und auch der gefangene schien in seiner Stimmung bisher unveränderlich. Er hatte die Zeit in der Wüste bisher mit einem Ausdruck stoischer Gleichgültigkeit verbracht, doch an diesem Tag schien er besorgt zu sein.

Bei einer Rast gegen Mittag, begann er ein Gespräch mit dem Ritter, das einige Zeit dauerte. Die Wildhüterin saß daneben und beobachtete, obwohl, oder vielleicht weil, sie kein Wort verstand. Als das Gespräch vorbei war, schienen die Sorgen des Gefangenen gelindert, sogar ein Anflug von Erleichterung schien auf seinem Gesicht zu liegen.

„Worüber habt ihr gesprochen?" fragte sie den Ritter.

„Er wollte wissen, wie man ihn begraben wird,

wenn er hier in der Wüste stirbt. Ich habe ihm gesagt, dass er sich darüber keine Gedanken machen muss, weil er hier nicht sterben wird und falls ihm doch etwas passieren sollte, habe ich versprochen ihn entsprechend seiner Riten zu beerdigen."

„Warum macht er sich darüber Sorgen?"

„Für sein Volk ist es wichtig, dass alle Toten besondere Begräbnisriten erhalten. Sie glauben, dass diese es den Seelen der Verstorbenen ermöglichen eines Tages in dem Körper eines direkten Nachkommen wiedergeboren zu werden. Werden sie aber nicht korrekt begraben, so kann es passieren, dass stattdessen ein böser Geist oder Dämon in ihre Nachkommen fährt. Er macht sich also sowohl Sorgen um sein eigenes Leben nach dem Tod, als auch um das Schicksal seiner Kinder, denn wenn eine Familie weiß, dass einer ihrer Vorfahren inkorrekt bestattet wurde, verzichtet sie manchmal darauf, weitere Kinder zu haben, um keine Dämonen heranzuziehen."

„Und diese Frage ist für ihn wichtiger, als die nach seinem eigenen Überleben?"

„Wenn man an ein Leben nach dem Tod glaubt, erschreckt einen der Gedanke des irdischen Todes nicht so sehr. Das Wohl seiner Familie ist ihm wichtiger."

„Er hat also Familie?"

„Ja, eine Frau und … vier Kinder glaube ich."

„Und er scheint trotzdem mit dem Leben

abgeschlossen zu haben. Was er verbrochen hat, muss wirklich schlimm sein."

Der Ritter sah ihr lange direkt in die Augen. Fast schien es, als wäre er bereit sein Schweigen zu beenden.

„Nein." sagte er schließlich „Ich darf nicht darüber sprechen, ich werde nicht darüber sprechen."

Und so gingen sie weiter.

Als sie sich an diesem Abend zur Rast legte, fiel der Wildhüterin das erste Mal auf, wie leer ihr Wasserschlauch inzwischen war.

Am nächsten Morgen schien die Wand sich in einen weitmaschigen Zaun verwandelt zu haben.

Ihre Beine brannten; Ihr Kopf schmorte; Ihr Inneres wurde gedünstet, ihr Gesicht gegrillt, ihr Rücken geschmort, kurz: Ihr ganzer Körper fühlte sich an als, würde jemand alle Teile davon einzeln als Menü für ein zwanzig-gängiges Festmahl zubereiten. Der einzige Teil, der verhinderte, dass sie wie erhitzte Butter auseinanderfloß, war ihr Wille. Sie hob einen Fuß. Tonnen von Sand schienen daran festzukleben, es war, als müsse sie die ganze Wüste mit ihm anheben. Langsam, ganz langsam löste er sich vom Boden, jedes Sandkorn daran wie ein Zentnergewicht, die Muskeln in ihren Beinen wollten bersten, doch sie ließ das nicht zu, nicht aufgeben, nicht zweifeln. Vorwärts hob sie den Fuß, langsam, wie der Schatten einer Sonnenuhr, bewegte er sich voran, Stunden schienen zu vergehen, bevor sie ihn endlich weit genug bewegt hatte, um dankbar der Schwerkraft nachzugeben. Das Auftreten fuhr wie ein Erdbeben durch ihren Leib, sie musste alle Konzentration aufbringen, nicht zu stürzen. Das gelang ihr gerade noch so.

Nun kam der zweiten Schritt...

Er war schwieriger als der Vorherige...

So vergingen Stunden, die sich wie Wochen... Monate anfühlten. Im Schatten zweier Felsen, die sich erschöpft aneinander zu lehnen schienen, rasteten sie schließlich. Niemand sprach und als die Wildhüterin einen weiteren Schluck Wasser trinken wollte, gab es keins mehr. Sie sah sich um und auch die Anderen deuteten an, dass die Vorhersage des Kaufmanns richtig gewesen war. Es war der vierte Tag, noch vor Mittag und das Wasser war zu Ende gegangen. Diese kleine Genugtuung brachte ihn aus seinem trotzigen Schweigen.

„Ich habe es euch gesagt. Nun liegen noch wenigstens eineinhalb, wenn nicht gar zwei Tage vor uns und alles ohne einen Tropfen Wasser. Aber andererseits sind wir wenigstens moralisch einwandfreie Verdurstete."

„Wir sind noch nicht tot." sagte der Ritter und deutete in die Ferne „Und ich bezweifle, dass wir noch solange brauchen wie du sagst. Dieser dunkle Fleck am Horizont muss der Ankerturm von Esdun sein. Es kann nicht viel mehr als ein halber Tag bis dahin sein. Wir könnten es noch heute schaffen!"

„Eine Luftspiegelung."

„Du willst gar keine Hoffnung haben, ist es nicht so? Du hättest es am liebsten, dass wir alle auf der Stelle sterben, nur damit du Recht behalten kannst. Ich vermute, du wirst dich insgeheim ärgern, wenn wir gerettet werden."

Der Kaufmann schnaubte nur und ging weiter. Die restlichen Überlebenden folgten ihm und hatten ihn bald wieder überholt.

Die Wildhüterin kniff die Augen zusammen und sah in die Richtung, die der Ritter angedeutet hatte. In der Tat hob sich ein schmaler, dunkler Strich kurz vor dem Horizont deutlich gegen die Wüste ab. Den Rest des Tages heftete sie ihre Augen an diesen Punkt, ängstlich, dass er verschwinden könne, falls sie wegsähe. Tatsächlich wurde er größer als die Stunden dahinschlichen, jeder Schritt schwerer als der Vorherige, jeder klare Gedanke von Durst und Hitze verdrängt.

Die Nacht kam und plötzlich stand sie vor dem großen schwarzen Turm im Zentrum Esduns. Der stechend heiße Wüstenwind war zu einer milden Brise herabgesunken, um sie herum versprachen die unzähligen Brunnen Linderung ihres Durstes und Abkühlung, die Bäume Schatten. Sie sah all die weißen Häuser, die vielen Menschen, freute sich an den gepflasterten Straßen und all den Waren, die auf den Marktständen angeboten wurden. Es waren alltägliche Dinge, doch für sie, die sie durch die Wüste gegangen war, war es alles wie eine phantastische Erscheinung aus einer völlig vergessenen Welt.

Vor Freude überwältigt stieß sie mit einem Mann zusammen. Es war Fürst Herwin, ihr Herr. Sie fiel auf die Knie, um sich zu entschuldigen, doch er bat sie lächelnd, aufzustehen. Er sagte, dass er gekommen war, um ihr für die gute Arbeit, die sie beide ihm stets geleistet hatte, zu danken und als sie sich verwundert umdrehte, stand Crina vor ihr. Nicht die echte Crina, sondern das geistige Abbild, dass sie sich von ihr gemacht hatte, ein wenig größer, ein wenig kräftiger, ihr Lächeln wärmer und vor allem, nicht so blind für ihre Gefühle.

„Es ist ein Traum." sagte Nicht-ganz-Crina.

„Ich weiß. Du bist tot und ich bin noch in der Wüste, aber dieser Traum gibt mir Hoffnung und was habe ich sonst noch? Ich werde ihn noch ein wenig weiter träumen."

Crina lächelte.

„Soll ich dir sagen, was ich jetzt über dich denke?" fuhr die Wildhüterin fort und wartete gar nicht erst auf eine Antwort „Du bist tot und zuerst war ich traurig, so unglaublich traurig darüber, dass ich dich nie wieder sehen würde, nie wieder deine Stimme, dein Lachen hören würde. Ich bin immer noch traurig, aber etwas anderes ist dazu gekommen: Ein Teil von mir ist froh, dass du tot bist. Willst du wissen warum?

Weil ich weiß, dass wir uns nie hätten lieben können. Ich habe gehört, wie du über Marian geredet hast, wie du dich nach einer Familie, die wir nicht hätten haben können, gesehnt hast. Ich habe deine Augen so oft nach Liebe durchsucht und zu meiner Enttäuschung nur freundschaftliches

Interesse gefunden. Du hast mich nie geliebt, hättest es wohl auch nie getan.

Jetzt wo du tot bist, muss ich mich dieser schmerzhaften Wahrheit nie stellen, weil ich es nie mit absoluter Sicherheit wissen werde. So bleibt mir ein kleiner Rest des Traumes erhalten, ein kleines bisschen Was-hätte-sein-können. Vielleicht hätten wir zusammen glücklich sein können, vielleicht nur für kurze Zeit, aber dennoch glücklich.

Ich kann nun in Zukunft wehmütig auf das Was-hätte-sein-können schauen, muss nicht die Enttäuschung am Horizont fürchten. Ich werde dich immer so sehen können, wie du warst, nicht als verheiratete Frau mit einem Dutzend wundervoller Kinder und einem liebevollen Mann, nicht als diejenige, die mir mit ihrer Ablehnung großen Schmerz bereitet hat, sondern als eine gute Freundin, die vielleicht, nur vielleicht, mehr hätte sein können.

Und das ist doch besser als Nichts."

Die Ankunft des Morgens wischte alle Träume beiseite. Ihr ganzer Körper schien über Nacht erstarrt zu sein, zunächst wollte sich kein Muskel bewegen. Es erforderte mehrere Minuten angestrengter Konzentration, bis sie aufstehen konnte. Sie wollte sich bewegen, ihren Körper aufwecken, doch ihr fehlte die Kraft dazu. War vorher jeder Schritt, jeder Atemzug unerträglich schmerzhaft und qualvoll gewesen, so schien ihr jetzt jeder Herzschlag, jeder Gedanke zu viel.

Der Ritter schien es leichter zu nehmen. Er weckte Jeden einzeln auf, half ihnen auf die Beine und sagte einige aufmunternde Worte, bevor er den Gefangenen ergriff und mit ihm an der Hand losmarschierte. Hätte sie dafür noch Energie gehabt, hätte die Wildhüterin ihn bewundert. Seine Zuversicht schien ihn über das Leiden seines Körpers zu erheben, ihn stets vorwärts zu treiben, während sie selbst ihren Antrieb unter den stetig stärkeren Schmerzen der sengenden Sonne schmelzen sah.

Die Reise durch die Wüste hatte sie mit neuen Teilen ihres Selbst vertraut gemacht. Sie hatte ihrer inneren Mörderin ins Auge gesehen, sie hatte eine neue Quelle inneren Optimismus' gefunden, was würde nun geschehen, welchen Teil ihres Wesens würde sie nun erkennen?

All diese Gedankenfetzen wurden weggeweht, als sie die Ruine erreichten. Welchem Zweck sie einmal gedient haben mochte, war nicht mehr zu erkennen. Sandstürme hatten über die Jahre alle Details und Kanten der Struktur abgeschabt, nur ein formloser Haufen dunklen Steins war übriggeblieben.

Es war der dunkle Fleck, den der Ritter am vorherigen Tag ausgemacht hatte. Um sie herum erstreckte sich die Wüste, in keiner Richtung war mehr als Dünen über Dünen zu sehen. Nicht einmal Luftspiegelungen versuchten noch, ihnen falsche Hoffnungen zu machen.

Das Innere der Wildhüterin war leer. Wie

Zwiebelhäute hatte die Wüste nach und nach alle Lagen ihrer Persönlichkeit abgerissen. Ihr Pragmatismus war fort, ebenso das schwache Flackern der Hoffnung, das sie, in Ermangelung von Wasser oder Essen, diese letzten Stunden voran getrieben hatte. Nichts existierte mehr nur noch Hitze, Durst, Erschöpfung. Wüste, Wüste überall um sie herum, Wüste überall in ihr.
Wäre sie allein gewesen, sie wäre an dieser Stelle zusammen gebrochen und gestorben.

Doch sie war nicht allein, der Ritter weigerte sich immer noch aufzugeben. Nach einigen Minuten führe er sie weiter, weiter gen Norden. Dort wo, in unbekannter Ferne, ihre Rettung liegen sollte. Sie folgte, langsam, antriebslos, was sollte sie auch sonst tun? Sie konnte sich kaum noch daran erinnern, jemals etwas anderes getan zu haben, als durch die Wüste zu gehen, warum jetzt aufhören?

Das ganze Universum bestand aus Schmerz, von Unendlichkeit bis zu Unendlichkeit. Es verging Zeit, so viel Zeit, Menschenleben, Menschenzeitalter kamen und gingen, während derer sie nichts wahrnahm als den Schmerz. Alle paar Äonen kehrte sie in die äußere Welt zurück und tat das unmöglich Scheinende: Den nächsten Schritt. Jeder Herzschlag war lang wie das Explodieren und Zusammenfallen eines Sterns, jeder Atemzug wie das Entstehen und Austrocknen eines Ozeans. Wie viel Zeit war vergangen? Sie konnte es nicht mehr sagen und welche Bedeutung hatte es schon?

Es war der Kaufmann, der sie aus der düsteren Introspektion zurück in die grell brennende Realität holte. Er lachte plötzlich los, sank auf die Knie, unfähig einen weiteren Schritt zu tun.

„Zahltag, Ritter!" rief er mühevoll mit ausgedörrten Lippen „Die Hoffnung stirbt zuletzt, aber sie stirbt. Du hast alles oder nichts gespielt und verloren. Ich bezweifle, dass deine Götter in dir den guten Mann erkennen werden, für den du dich selbst hältst. Geh' zur Hölle, vielleicht ist es dort kühler!"

Er begann wieder zu lachen, heiser und schrill, während er vornüber kippte und in den Sand fiel. Das Lachen wurde leiser und leiser, dann verstummte es.

Die Wildhüterin reagierte nicht, Nichts in ihr wusste noch zu reagieren. Sie wollte sich gerade umdrehen und weitergehen, als der Ritter an ihr vorbeikam. Er drehte den regungslosen Kaufmann um und horchte an seiner Brust. Lange verharrte er, dann stand er auf, hob den Kaufmann mühevoll auf und warf ihn über seine Schulter.

„Er lebt noch! Wir werden überleben! Alle!" flüsterte er, als er an der Wildhüterin vorbei ging. Er zog den Gefangenen, der sich erschöpft in den Sand gesetzt hatte, wieder auf die Beine. Den Kaufmann über der einen Schulter hängend, den Gefangenen sich auf die andere stützend, ging er weiter. Die Wildhüterin folgte.

Sie war nur wenige Schritte weiter gekommen, als

ihre Beine ihr vollends den Dienst verweigerten. Langsam fiel sie, als Muskel für Muskel, Gelenk für Gelenk die Arbeit einstellte. Ihr Mund öffnete sich, doch zum Sprechen oder Schreien war keine Kraft mehr da. Ihre Knie fielen in den glühenden Sand, dann ihr Oberkörper, dann ihr Kopf.

Sie lag ausgestreckt auf der Kuppe einer Düne, den Blick nach vorne auf den Ritter gerichtet, der langsam die nächste Düne erklomm, wobei er nach jedem Schritt ein wenig länger innehielt, bevor er den Nächsten tat, bis er schließlich den höchsten Punkt erreicht hatte. Dort stand er, Kaufmann und Gefangenen haltend, für eine scheinbare Ewigkeit, wie aus Stein gemeißelt.

Als seine Beine unter ihm wegbrachen, fiel zuerst der Kaufmann zu Boden, dann glitt auch der Gefangene ab. Der Ritter kämpfte um jede Faser seines Körpers, doch vergebens. Sein massiger Körper schlug auf den Sand auf und lag reglos zwischen den Anderen.

Die Wildhüterin empfand und dachte nichts mehr. Alles, was sie noch tun konnte war, die Augen offen zu halten und den Fall des Ritters still zu beobachten und dann auf den Tod zu warten. Eine Frage schien in ihren Augen zu stehen: *Warum?*

Ein Wind kam auf....

Epilog

Westlich wehender, warmer Wüstenwind versetzte die Zweige der Bäume vor dem Rathaus von Esdun in Schwingung. In dem großen, weißen Steinhaus vermischte sich dieses Rascheln mit den Geräuschen einer geschäftigen Grenzstadt zu einem Brummen, dass einen angreifenden Bienenschwarm anzukündigen schien.

Aleda Jurmann, stellvertretende Bürgermeisterin, nahm es nicht zur Kenntnis. Sie blickte auf den Papierstapel vor ihr, zweifelnd, ob er jemals kleiner werden würde. Seit der Absturz des Luftschiffes bekannt geworden war, wollten Leute aus verschiedensten Enden der Welt wissen, ob ihre Untertanen, Geschäftspartner oder Freunde auf dem entsprechenden Schiff waren und ob sie überlebt hatten, einige waren sogar gleich dazu übergegangen die Schuldfrage zu debattieren. Der Bürgermeister befand sich momentan bei einer Verhandlung mit Bündnispartnern außerhalb der Stadt und so fiel die Aufgabe, sich mit den Korrespondenzen zu beschäftigen zu seiner Stellvertreterin. Sie griff wahllos in das Zettelgewirr und zog eine Nachricht heraus. Sie war vom Bürgermeister:

„Werde länger wegbleiben, Absturz verkompliziert Verhandlungen, Weitländer besorgt, kümmer dich darum!"

„Jawohl." murmelte sie und warf die Nachricht in

Epilog

Westlich wehender, warmer Wüstenwind versetzte die Zweige der Bäume vor dem Rathaus von Esdun in Schwingung. In dem großen, weißen Steinhaus vermischte sich dieses Rascheln mit den Geräuschen einer geschäftigen Grenzstadt zu einem Brummen, dass einen angreifenden Bienenschwarm anzukündigen schien.

Aleda Jurmann, stellvertretende Bürgermeisterin, nahm es nicht zur Kenntnis. Sie blickte auf den Papierstapel vor ihr, zweifelnd, ob er jemals kleiner werden würde. Seit der Absturz des Luftschiffes bekannt geworden war, wollten Leute aus verschiedensten Enden der Welt wissen, ob ihre Untertanen, Geschäftspartner oder Freunde auf dem entsprechenden Schiff waren und ob sie überlebt hatten, einige waren sogar gleich dazu übergegangen die Schuldfrage zu debattieren. Der Bürgermeister befand sich momentan bei einer Verhandlung mit Bündnispartnern außerhalb der Stadt und so fiel die Aufgabe, sich mit den Korrespondenzen zu beschäftigen zu seiner Stellvertreterin. Sie griff wahllos in das Zettelgewirr und zog eine Nachricht heraus. Sie war vom Bürgermeister:

„Werde länger wegbleiben, Absturz verkompliziert Verhandlungen, Weitländer besorgt, kümmer dich darum!"

„Jawohl." murmelte sie und warf die Nachricht in

den Müll. Da der Korb bereits voll war, rollte das zusammengeknüllte Papierstück vor die Füße von Feldwebel Olheid Kareg von der Miliz, die gerade hereinkam.

„Gute Nachrichten Ratsfrau!" rief sie, ohne zu grüßen „Überlebende!"

Mit einem Seufzen der Erleichterung ließ Aleda sich in ihren Stuhl fallen.

„Na wenigstens mal eine gute Nachricht. Wie viele?"

„Zwei, eine Frau, ein Mann."

„Wissen wir, wer sie sind?"

„Die Frau trug einen Auftragsbrief bei sich. Der Unterzeichner heißt Fürst Herwin von Predenz, bei dem Mann haben wir keine Anhaltspunkte bezüglich seiner Identität."

„Wenigstens einer der vielbeschworenen Silberstreifen am Horizont war also mal keine hereinbrechende Flutwelle. Wir werden also wenigstens einem Fürsten und wohl auch zwei Familien frohe Botschaften zukommen lassen. Wo sind die Beiden?"

„Sie sind mit dem gleichen Teppich wie ich in die Stadt geflogen worden. Sie werden im Spital versorgt."

„Gut, gut. Zwei Überlebende, dass heißt... 47 Tote. Immer noch eine erschreckende Zahl."

„Zwei ist besser als null."

Die Ratsfrau nickte gedankenabwesend.

„Sind damit alle Personen, die an Bord waren geborgen?"

„Jawohl, wir haben 47 Leichen unterscheiden

können, wobei die Identifikation natürlich noch dauern wird."

„Auch die vier, die versucht haben, die Wüste zu durchqueren?"

„Jawohl, gestern Abend von einem der Suchtrupps gefunden."

„Verdurstet?"

„Jawohl, vermutlich vor etwa zwei Tagen. Sie lagen zwanzig Meilen südöstlich der Stadt, ein ordentliches Stück abseits des richtigen Weges. Auf dem Kurs, den sie gewählt hatten, wären sie nie auch nur in Sichtweite der Stadtmauern gekommen."

„Ärgerlich. Wenn sie einfach zwei Tage an der Absturzstelle gewartet hätten, hätten wir sechs Überlebende haben können. Ich dachte es wäre allgemein bekannt, dass man bei solchen Unglücken am Absturzort bleiben und auf Rettung warten soll. Sie hätten in den Trümmern Schatten gehabt und wahrscheinlich hat sich in den Hohlräumen auch Wasser abgelagert, dass sie hätten trinken können."

„Stimmt, so haben die beiden, die wir gefunden haben überlebt. Die Trümmer hatten sie eingeschlossen, aber sie konnten mit dem Wasser, dass sich an der Decke gebildet hat überleben."

„Es war eine so sinnlose Verschwendung von vier Leben."

„Sehr mutig aber."

„Mutig, aber nicht gut durchdacht."

„Oh ja, aber wenn sie es geschafft hätten, wären sie

der Stoff für Legenden gewesen. Man hätte sie ´Bezwinger der Wüste´ oder ´Schicksalstrotzer´ genannt."

„Stattdessen wird man sie wohl ´Opfer 44 bis 47´ oder ´Dummköpfe´ nennen."

Man hat recht.

Tale of two Narrators

Die Prinzessin ist entführt worden!

Das ganze Königreich Generien war in Aufruhr.
Naja, nicht wirklich. Der größte Teil des Landes hatte von der Entführung schließlich noch gar nichts mitbekommen und ging unverdrossen seinem Tagewerk nach, es wäre also korrekter zu sagen:
Das ganze Königsschloss war in Aufruhr.
Auch das stimmte allerdings nur teilweise. Die meisten der Bediensteten waren froh darüber, dass es nun ein Mitglied der Königsfamilie weniger gab, das hygienisch, gastronomisch und sanitär versorgt werden musste, was ihnen gelegentlich eine zusätzliche Pause einbrachte. Auch die Wachen konnten sich nicht beschweren. Nach dem Stress der anfänglichen Schlossdurchsuchung hatte der König nun befohlen, das Umland zu durchforsten, was viele der Wachen für ein Nickerchen im Schatten eines Baumes oder einen Besuch bei ihren Familien nutzten, froh die stickigen Säle des Schlosses gegen Frischluft eintauschen zu können. Ich sollte also eher sagen:
Die ganze Königsfamilie war in Aufruhr.
Dies wäre allerdings ebenfalls ungenau. Die

drei Schwestern der Prinzessin hatten, nach ein wenig Aufregung zu Beginn des Tages, kein Problem damit, dass ihre älteste Schwester sich nun nicht mehr bei jeder Mahlzeit und beim Umgang mit den Herren zu Hofe, die besten Stücke für sich nahm. Ihre Brüder hingegen waren bis auf einen alle auf Kriegszügen oder diplomatischen Missionen (zumeist als Vor- oder Nachspiel eines Kriegszuges) und konnten also ob der Entführung gar nicht besorgt sein. Der eine Prinz, der noch im Schloss war, war auch mehr verärgert als besorgt, denn er hatte nun niemanden, der mit ihm Bauklötze spielen wollte. Somit bleibt also:

Das ganze Königspaar war in Aufruhr. Zweifellos wäre dies auch richtig gewesen, wenn die Königin nicht im Zuge eines Ehekrachs, der sich an der Frage nach der Farbe der Tapisserien im Gemäldesalon entzündet hatte, zu ihren Eltern zurückgekehrt wäre. Diese Eltern waren unglücklicherweise Fürst und Fürstin eines benachbarten Landes und wichtige militärische Verbündete, was aus einer Ehe- eine Staatskrise gemacht hatte. Es lässt sich also sagen:

Der ganze König war in Aufruhr. Er hatte auch allen Grund dazu, denn neben seinen Schwiegereltern hatte Generien noch vier weitere Nachbarländer und er hatte geplant, mit einer Serie strategischer Eheschließungen die Sicherheit seines Landes zu gewährleisten, nun fehlte ihm aber plötzlich eine Tochter und Ersatz war, aufgrund der Wandteppiche, nicht in Aussicht.

Kommen wir nach diesen Prolegomena aber zur eigentlichen Erzählung:

Um seine Tochter zu retten, ließ der König die größten Helden des Landes an seinen Hof rufen und beauftragte sie, die Prinzessin zu retten. Diese Helden waren:

Martina Luder, die oft betonte, dass sie „nicht diese Art von Luder" sei war Priesterin und Schriftgelehrte, die sich durch ihre theologischen Streitgespräche mit allem und jedem einen Namen gemacht hatte, auch wenn dieser Name Luder war.
Krog der Bieger und Ber der Brecher hatten dreimal in Folge den Titel „Homoerotischstes Gladiatorenpaar des Kontinents" gewonnen[3]. Sie betonten oft, dass sie „genau diese Art von Paar" seien.
Klumselin der Zauberer war, erstaunlicherweise, ein Magier. Er konnte 315 Zaubersprüche aus dem Kopf aufsagen, hatte aber Probleme mit komplexen motorischen Aufgaben wie Schuhezubinden oder, eine gerade Straße entlang zu gehen, ohne zu stolpern.
Marquise („nicht Markise") Angelique Brigitte

---

[3]Und man kann sich vorstellen, dass die Konkurrenz dort natürlich sehr stark war... und gut geölt... und dennoch maskulin und muskulös... aber ich schweife ab.

Charlotte Denise Etc.[4] de Frou-Frou war eine stolze Ritterin aus fremden Landen, die nach Generien gekommen war, um den dortigen Primitivlingen ihre höhere Kultur näher zu bringen. Dies war ihr allerdings unerwartet schwergefallen, da sie es nicht über sich bringen konnte, sich den zumeist ungewaschenen und dreckstarrenden Eingeborenen auf weniger als zehn Schritt zu nähern.

Und dann war da mein Freund Mel Sereg. Er war der perfekte Held. Er hatte das Kurz- und Langzeitgedächtnis eines dementen und drogensüchtigen Goldfisches, was dazu führte, dass alle Leute ihm wichtige Informationen mehrfach erklären mussten. Er hatte schon einmal von Selbstbeherrschung gehört und sich vorgenommen, es mal damit zu probieren, das aber prompt vergessen. Daher geriet er regelmäßig im Umgang mit Hindernissen aus der Fassung und wählte gewalttätige Lösungen, egal ob es um verschlossene Türen, aufmüpfige Wachen oder Ladenbesitzer, die bezahlt werden wollten ging. Zuletzt war er ein notorischer Kleptomane, herumliegende Gegenstände schienen, unabhängig von ihrem Wert, wie durch Schwerkraft zu ihm hingezogen und endeten in seinem bodenlos scheinenden Rucksack, der nie voll zu werden schien,

---

[4]   Ihr fünfter Vorname war tatsächlich Etc., ihre Eltern hatten ihr eigentlich noch mehr Namen geben wollen, nach einer Weile jedoch die Lust verloren und daher eine Abkürzung gewählt.

egal wie viele Goldstücke, Schwerter oder Wolfspelze er hinein steckte. In einer anderen, rationaleren Welt wäre Mel die Art von Mann, mit denen Eltern ihren Kindern drohten, falls sie ihr Gemüse nicht aßen. In unserer Welt war er ein gefeierter Held und Eltern hofften insgeheim, ihre Kinder würden so werden wie er.

Diese sechs Helden machten sich also auf, die Prinzessin zu retten, doch wer hatte sie überhaupt entführt? Es war Tirwen, eine gerissene dunkle Magierin, die in dem Ödland südlich von Generien ihren Turm hatte. Im Volk sagte man ihr einen bis zur Überformung getriebenen Sinn für Ironie nach, mit dem sie oft unschuldigen Leuten boshafte, manchmal tödliche Streiche spielte. Es dauerte nicht lange, bis die Helden Generiens diesen zu spüren bekamen.

Krog und Ber waren die ersten. Sie wuschen sich an einem Teich, den Tirwen nachts zuvor verzaubert hatte. Sie waren so damit beschäftigt, abwechselnd einander und das eigene Spiegelbild im Wasser zu bewundern, dass sie zu spät bemerkten, wie diese Spiegelbilder aus dem Wasser heraus schritten, die beiden verdutzten Gladiatoren packten und unter Wasser zogen, aus dessen Tiefe sie nie wieder auftauchten. Unter den Bauern Generiens gibt es aber das Gerücht, dass ihre Spiegelbilder gelegentlich auf der

Wasseroberfläche erscheinen, sich auf sehr männliche Art und Weise abklatschten und wieder verschwanden.

Mel überlebte, weil er sich aus Prinzip nicht wusch und, außer Heiltränken, nichts trank was nicht ausreichend Zucker und/oder Alkohol enthielt.

Klumselin entging Tirwens Sinn für Ironie wenige Tage später, wenn auch nur durch Zufall. Eigentlich hatte sie geplant, dass er ins Straucheln kommen und in eine Bärengrube (ein tiefes Loch mit einer Meute hungriger Bären darin) fallen sollte. Er war aber so sehr damit beschäftigt, einen Spruch aus seinem Zauberbuch vorzulesen, dass er stolperte und so fiel, dass er die Grube um Haaresbreite verfehlte. Dummerweise murmelte er im Fallen „Ach Exkrement!", was seinen unvollständigen Zauber von einem harmlosen Wegfindungsspruch zu einem Reisespruch machte. Dieser öffnete direkt vor Klumselins Füßen ein Portal in eine vollkommen fremde Dimension voller nichteuklidischer Geometrien und nichtgesättigter Monster, durch das Klumselin prompt plumpste. Auf der anderen Seite schlug er sich sogleich den Kopf an einem 4-dimensionalen Würfel und wurde ohnmächtig, wodurch das Portal sich wieder schloss. Was danach mit ihm geschah gehört zu den Dingen, die kein Mensch wissen sollte und da ich ein Mensch bin, muss ich passen. Ich glaube aber, die Bärengrube wäre ihm schlussendlich lieber gewesen.

Mel überlebte, weil er sich einige Zeit vorher im Wald verlaufen hatte und seine restlichen Gefährten erst einige Stunden später wieder traf.

An dieser Stelle kannst du, geneigter Leser, dir wahrscheinlich denken, wohin das führt, also weiter im Text:

Für die Marquise de Frou-Frou war die Reise noch beschwerlicher gewesen, als für den Rest der Gruppe, denn nicht nur schwebte sie andauernd in Lebensgefahr, hatte drei ihrer Gefährten verloren, bevor sie dem Turm der Magicrin auch nur nahe gekommen waren, sie musste zudem noch mit Primitivlingen und Barbaren umgehen, die dachten, dass Etikette etwas mit Preisschildern zu tun hatte und zur Maniküre ihre eigenen Zähne, oder die kurz zuvor erlegter Wildtiere benutzten. Als sie also in einem kleinen Weiler unweit von Tirwens Turm ein Gebäude mit der Aufschrift „Badehaus und Massagesalon" las, dachte sie nicht nach und stürzte blindlings hinein, nichtsahnend, dass Tirwen kurz zuvor das Schild umgezaubert hatte und dort eigentlich stand: „Vorsicht, experimenteller Riesenfleischwolf! Nicht betreten, Lebensgefahr!".

Mel überlebte, weil seine Axt, anfing, blau zu leuchten, als er sich dem Wort „Bad" auf mehr als hundert Schritt näherte. Er mied daher das Gebäude.

Nachdem Martina Luder die vierte Trauerandacht innerhalb einer Woche

Wasseroberfläche erscheinen, sich auf sehr männliche Art und Weise abklatschten und wieder verschwanden.

Mel überlebte, weil er sich aus Prinzip nicht wusch und, außer Heiltränken, nichts trank was nicht ausreichend Zucker und/oder Alkohol enthielt.

Klumselin entging Tirwens Sinn für Ironie wenige Tage später, wenn auch nur durch Zufall. Eigentlich hatte sie geplant, dass er ins Straucheln kommen und in eine Bärengrube (ein tiefes Loch mit einer Meute hungriger Bären darin) fallen sollte. Er war aber so sehr damit beschäftigt, einen Spruch aus seinem Zauberbuch vorzulesen, dass er stolperte und so fiel, dass er die Grube um Haaresbreite verfehlte. Dummerweise murmelte er im Fallen „Ach Exkrement!", was seinen unvollständigen Zauber von einem harmlosen Wegfindungsspruch zu einem Reisespruch machte. Dieser öffnete direkt vor Klumselins Füßen ein Portal in eine vollkommen fremde Dimension voller nichteuklidischer Geometrien und nichtgesättigter Monster, durch das Klumselin prompt plumpste. Auf der anderen Seite schlug er sich sogleich den Kopf an einem 4-dimensionalen Würfel und wurde ohnmächtig, wodurch das Portal sich wieder schloss. Was danach mit ihm geschah gehört zu den Dingen, die kein Mensch wissen sollte und da ich ein Mensch bin, muss ich passen. Ich glaube aber, die Bärengrube wäre ihm schlussendlich lieber gewesen.

gehalten hatte und Mel Sereg die Wurst, welche aus der Marquise de Frou-Frou gemacht worden war, als Proviant eingesteckt hatte, kamen sie schließlich zu Tirwens Turm. Dort stellten sie zwei Tatsachen fest:

Martina Luder stellte fest, dass der Drache, der den Turm bewachte, kein Interesse daran hatte, mit ihr das Für und Wider des Dreieinigkeitsprinzips zu diskutieren, wohl aber daran, sie gut durchgebraten zum Dreigänge-Menü für seine Jungen zu machen.

Mel stellte fest, dass das Loch im Boden, in das er sich warf um dem Feueratem des Drachen zu entgehen, in Wirklichkeit Tirwens Turm war, welcher nach unten statt nach oben gebaut worden war.

Nur vom spärlichen Licht einer einzelnen Lampe an der Decke erleuchtet (denn Tirwen hatte auch ein gutes Gespür für dramatisch angemessene Szenenausleuchtung), machte sich Mel auf den Abstieg die aus dunklem Stein gehauene, sich spiralförmig hinab windende Treppe entlang, die unausweichliche Begegnung mit der Magierin sowohl herbei sehnend als auch fürchtend. Es wäre etwas früher dazu gekommen, wenn Mel nicht die Vorratskammer entdeckt und einige Zeit darauf verwendet hätte, jedes einzelne Fass darin zu zertrümmern, in der Hoffnung, dass

eines davon vielleicht einen Goldschatz statt Wasser, Wein, Lampenöl oder Katzenurin (eine wichtige Zutat in Hellsichtmagie) enthielte.
Die Hoffnung wurde enttäuscht.

Glaub mir, werter Leser, auch ich konnte zu diesem Zeitpunkt das Zusammentreffen kaum noch erwarten.

Endlich, nachdem er auf dem Weg sämtliches Mobiliar zu Kleinholz gemacht hatte, - halb um sich keine versteckten Kostbarkeiten entgehen zu lassen, halb, um sich in die korrekte, gewalttätige, Stimmung zu bringen – erreichte er Tirwens Kammer. Nachdem das Türschloss seinem Stiefel nur pro forma Widerstand geleistet hatte, sah er die Magierin vor einem mannshohen, offenbar magischen Spiegel stehen, der - aufgrund der Rekursion natürlich mehrfach - denselben Raum zeigte, den Mel vor sich sah, sogar aus der gleichen Perspektive, sein rechtes Ohr war am Rand des Spiegelbildes zu sehen.
Perfekt! Der lange geplante, erwartete, nein ersehnte Moment war gekommen!

Ich hörte auf, mich auf den Zauber zu konzentrieren und das Spiegelbild löste sich auf, unendlich viele Versionen von mir hörten scheinbar auf zu existieren, derweil ich mich umdrehte und Mel erstmals direkt ansah.

„Willkommen, Mel Sereg!" sagte ich, von Aufregung zu neuen Höhen der Eloquenz beflügelt „Willkommen in der Kammer des..." Die Pause, die ich einlegte war meinerseits nicht intentional, aber notwendig.

Mel war plötzlich mit einem Schrei, der markerschütternd gewesen wäre, wenn ich ihn nicht schon so oft gehört hätte, auf mich zugesprungen, seine Axt sauste mit schädelspalterischer Intention auf meine Stirn zu.

'Halt!' wirst du da rufen, Leser und zurecht. 'Wie kann ich das hier lesen, wenn sie jetzt stirbt und es nicht aufschreiben kann, das macht doch keinen Sinn!'

Stimmt, würde es auch nicht machen. Und damit wir beide nicht in dieses Dilemma kommen mussten, bewegte ich schnell zwei Finger meiner linken Hand und verwandelte die Axt in einen nassen Lappen. Mel schaute reichlich konfus, als seine mächtige Waffe plötzlich schlaff und nutzlos in seiner Hand hing.

„Willkommen," setzte ich neu an „in der Kammer des Sehens und Berichtens. Von hier habe ich dich dein Leben lang beobachtet und alles festgehalten. Sieh dich um und du siehst die Geschichte dieser Welt, du siehst dein Leben, unsere Existenz!" Zeitgleich mit dem letzteren Satz machte ich eine Drehung, mit ausgestreckten Armen in einer allumfassenden Geste auf die zahllosen Bücher, die auf den Regalen entlang der Wände der kreisrunden Kammer standen, deutend.

„Ich habe deine Taten verfolgt, von ihnen erzählt, damit wir alle existieren können. Ich war immer bei dir, doch nie in deiner Nähe, immer über deine Schulter schauend, doch nie an deiner Seite stehend. Irgendwann war mir das zu wenig, ich wollte den Mann, um dessen will wir alle hier sind, im Angesicht gegenüber treten, doch ich konnte mich nicht plötzlich in deiner Nähe manifestieren, also musste ich dich locken, also wurde ich eine Frau und eine Schurkin, ich musste dich dennoch aus der Ferne sehen können, also wurde ich eine Magierin..."

Etwas war anders...

Als ich die Hand wieder vom Spiegel genommen hab', hab' ich gemerkt, irgendwas ist anders. So, als wenn ich jetzt zweimal soviel ich war, wie davor.
Dann hat die Zauberfrau so ein quiekendes Geräusch gemacht.

„Das darfst du nicht! Es darf nur einen geben!" oder so hat sie dann gesagt.
Das war mir aber egal gewesen. Ich hab meine Axt gehoben...

„Du hast keine **Axt** mehr!" unterbra**gte sie.**

...Ich hab meine Axt gehoben und ihr erstmal 'nen Arm abgehackt, weiss aber nimmer, welcher. Dann hab' ich noch ein, zwei, vier, fünf, sechs mal zugeschlagen, einmal für jeden meiner Kumpels, den sie abgemurkst hat. Und dann noch 'n paar mal, weil ich das Zeug mit den Zahlen nich' so gut kann. Dann waren von ihr nur noch kleine Fetzen übrig, aber ich war immer noch verschissen angepisst, also hab ich erst sie angepisst und das ganze Zimmer klein gehackt, bis auf den Spiegel, der sah wertvoll aus und ich kenne da 'nen Krämer, nach dem ich immer gehe, nachdem ich was gefunden hab' und der gibt gutes Geld.
Dann hab ich geplündert, hat sich aber voll nich' gelohnt. Die Klamotten von der Bösen konnt' ich nimmer nehmen, die waren ja auch kaputt und alles andere hat' ich ja auch zerkloppt und nirgendwo war Gold drin gewesen. Blieb also nur der doofe Spiegel. Dann hab' ich den also in meinen Rucksack packen wollen, was schwer war, weil der Spiegel ja fast größer war wie ich. Ich drück' also was fester und dann hör' ich das splittern. 'Kla.se!' denk ich 'J..zt isser auch n... kap..t. Na d..n ..g m.t ... Di.g!'

D..n h.b' ich ..n wieder .... g....en ... i. ..e .cke g.sch.i..en. Da ....r d..n .n...send S.üc.e...

Ohne Namen

Im 22. Jahrhundert drang die Menschheit mit einer für Generationen verlorenen Entdeckerlust in den Weltraum vor, zuerst zu den äußeren Planeten des heimischen Sonnensystems, dann zu anderen Sternen. Die Entdecker dieser Jahre besuchten wundersame Orte, sahen völlig neue, fremde Welten, die den menschlichen Geist über die engen Grenzen vorheriger Zeiten erweiterten.

Menkab V war keine dieser Welten. Die Weltraumpioniere die ihn entdeckt hatten, machten darüber einen kurzen Logbucheintrag und flogen weiter zu interessanteren Welten. In den folgenden Jahren der terranischen Expansion ließen sich auch dort Menschen nieder, allerdings war die Siedlung wenig mehr als eine Raststätte für Hyperraumfrachter, die auf nahegelegenen Transporterrouten verkehrten.

Der Planet außerhalb der kleinen Kolonie war von einem dichten Urwald bedeckt, der wiederum unter einer dicken Schneeschicht lag.[5] An diesem Tag

---

5   Prof. Dr. Pen Islinger, ein bekannter Xenobiologe veröffentlichte zwei Arbeiten zum Ökosystem von Menkab V. Die erste hieß „Die Mythen von Menkab V". Dann erklärte er, dass ein verschneiter Dschungel, in dem die Vegetation trotz des Schnees überlebte, nach allen bekannten Regeln der Biologie unmöglich sei und

bewegten sich mehr Lebewesen als üblich in diesem Dschungel. Das erste war Kal Cetron, ein Reisender Marsmensch, der zuhause sein Glück nicht gefunden hatte und daher beschlossen hatte, fremde Planeten zu bereisen, in der Hoffnung, dass es dort jemand in einem Fundbüro abgegeben hatte. Im Augenblick folgte er einer Karte, die ihm der Frachterkapitän, der ihn nach Menkab V gebracht hatte, verkauft hatte. Angeblich zeigte sie den Weg zu einem abgestürzten Megafrachter, dessen Ladung dem ersten gehören würde, der darauf Anspruch erheben würde.

Zwei andere Wesen beobachteten ihn bei seinen Versuchen, sich einen Weg durch Schnee und Vegetation zu bahnen. Das erste war eines der seltenen eingeborenen Geschöpfe des Planeten. Es war ein schlanker, langleibiger Fleischfresser mit kurzem weißen Fell und sechs langen, in Klauen endenden Beinen.[6] Es war sehr erfreut, den Menschen zu sehen, denn die meisten Beutetiere

ereiferte sich über die Gutgläubigkeit seiner Kollegen, die auf Berichte einheimischer Schwindler hereingefallen seien. Nach der Veröffentlichung lud ihn der Systemgouverneur von Menkab zu einem Studienbesuch ein. Nachdem er für zehn Minuten den Urwald untersucht hatte, zog sich Professor Islinger in die örtliche Kneipe zurück und begann einen Trinkmarathon, der bis ans Ende seines Besuches andauerte. Einige Monate später veröffentlichte er seinen zweiten Aufsatz zu dem Thema, diesmal lautete der Titel „Scheiß auf Menkab V und sein Ökosystem".

6   Als man Dr. Islinger von diesem Tier erzählte, dachte er kurz darüber nach und antwortete dann: „N'ch 'nen Dobbelden und schn'll!"

versteckten sich unter dem Schnee oder in den Baumwipfeln und waren ungleich schwerer zu erlegen. Das dritte Lebewesen beobachtete, wie sich das Raubtier an Kal heranschlich. Als es seine Muskeln anspannte und den Mann ansprang und zu Boden riss, hob der Beobachter seine Waffe, murmelte „Na endlich." und feuerte Sekundenbruchteile bevor das Tier seine Zähne in die Kehle seines jetzt bewusstlosen Opfers schlagen konnte.

Kal erwachte, obwohl er nicht mehr damit gerechnet hatte. Er lag auch nicht, wie er erwartet hatte, teilweise über verschneiten Urwaldboden verstreut und teilweise im Magen eines Raubtiers, sondern in einem Bett. Er erhob sich überrascht und nahm die Umgebung wahr.

Er war in einer Höhle, aber nicht die Art von Höhle, in der ein Monster lebte, außer es war ein Monster, dass auch Verwendung für Mobiliar in menschlicher Größe, einen Generator, ein Hyperfunkgerät, einige Computer und einen älteren Mann, der an einem davon saß, hatte.
Der Mann musste gehört haben, dass Kal sich bewegte, denn er drehte sich um und sah ihn an.
„Guten Abend." sagte er „Sie werden Fragen haben, erlauben sie mir, einige davon zu beantworten: Sie sind in meiner Höhle, Sie wurden

von einem Tier angefallen, Ich habe Sie gerettet, Ich heiße Jubb, Sie haben etwa zehn Stunden geschlafen, Sie brauchen mir nicht zu danken. Sonst noch etwas?"

„Ähh…" Kal überlegte. Fragen wie „Wo bin Ich?" oder „Was ist passiert?" erschienen in dieser Situation angebracht, doch die Antworten hatte Jubb bereits gegeben. Er entschied sich für eine Frage, die in beinahe jeder Situation angemessen war.

„Haben sie Kaffee?"

„Natürlich." Jubb deutete auf eine dampfende Tasse, die auf dem Tisch stand „Bedienen Sie sich." Nachdem die Tasse leer war, begann der Nebel in Kals Kopf sich zu lichten. Sein Retter beobachtete ihn mit höflicher Zurückhaltung, sagte nichts, während Kal trank. Er erkannte, dass es wohl an ihm war, eine Konversation zustande zu bringen.

„Und was machen Sie so?" entschied er sich für etwas, was er stets als sichere Smalltalk Frage empfunden hatte.

„Ich bin Einsiedler."

„Haben Sie sich gegen die menschliche Gesellschaft entschieden, weil sie verdorben, dreckig oder zu laut ist?"

„Nein, Ich bin nicht freiwillig ins Exil gegangen. Erinnern Sie sich an den Börsencrash von '72?"

„Ich glaube schon. Es gab etwa 500 Tote und die

Wirtschaft von Rigel VII wurde schwer getroffen."

„Ja, besonders der Teil, in den das Börsenschiff gestürzt ist."

„Und was hat das mit ihrem Dasein als Einsiedler zu tun?"

„Ich war damals als Unternehmensberater tätig und habe dem Betreiber des Schiffes ein paar Tricks gezeigt, mit denen er bei Wartungsarbeiten und Inspektionen sparen kann. Nach dem Crash ist die Betreiberfirma in Konkurs gegangen und der erste Schritt des Insolvenzverwalter war es, die finanzielle Liquidierung meiner Körperschaft in Auftrag zu geben."

„Und was bedeutet das?"

„Er hat Leute angeheuert, mich zu töten."

„Oh."

„Aber zu spät. Zu dem Zeitpunkt war ich schon mit drei Deckidentitäten auf einem morvellanischen Erzfrachter auf dem Weg hierhin. Seitdem lebe ich hier und verdiene mein Geld mit dem, was die Umgebung mir gibt."

„Schnee und Langeweile?"

„Sie denken an Wintersport, aber den gibt es hier nicht. Ich arbeite im Bereich Rettung von Abenteurern und Schatzsuchern. Jeder weiß, dass solche Leute in abgelegenen Gegenden gerne von Gefahren überrascht werden. Monster, Schergen eines finsteren Schurken, Erdbeben, derartiges.

Jedes mal aber, wenn diese Leute von diesen Gefahren überwältigt werden, ist ein alter Einsiedler, Eremit oder Mönch da, um sie zu retten. Einer davon bin Ich."

„Und wie verdienen sie dabei Geld?"
„So." Jubb legte ein Blatt Papier auf den Tisch. Kal las es.
Es war eine Rechnung. Aufgeführt waren unter anderem Arbeitszeit, Munitionskosten, sowie eine Tasse Kaffee.
„Das ist nicht ihr Ernst."
„Ich nehme bar und Creditkarte. Ich habe die Erfahrung gemacht, dass die Zahlungsmoral meiner Kunden bei Rechnungen eher schlecht ist, außerdem ist der Postdienst hier lausig."
„Ich weigere mich, dafür zu bezahlen!" rief Kal, doch Jubb blinzelte nicht einmal.
„In diesem Fall muss Ich sie bitten zu gehen." sagte er und deutete auf den Eisdschungel außerhalb der Höhle „Ich könnte ihnen den Weg zurück zum Raumhafen zeigen, aber..."
„Das ist nicht ihr Ernst."
„Ich bin stolz darauf, meinen Kunden immer eine Wahl zu geben."
„Die Wahl zwischen Leben und Tod meinen Sie!"
„Zwei Alternativen mit jeweils klaren Vor- und Nachteilen. Einerseits könnten sie ihr Geld

behalten, andererseits ihr Leben. Welches hätten sie gern?"

Kal zog wortlos seine Creditkarte, schob sie in ein Lesegerät, dass Jubb ihm reichte und bestätigte die Transaktion.

„Ich habe eine Frage." sagte er nach einigen Augenblicken des Schweigens „Woher wissen Sie, wo und wann Sie Leute zu retten haben. Sie haben gesagt, Sie verdienen so ihr Geld, also muss es häufiger vorkommen."

Jubbs Mundwinkel zogen sich um wenige Millimeter nach oben, als hätten sie irgendwann einmal von dem Konzept des Lächelns gehört.

„Sie fragen mich nach Betriebsgeheimnissen. Ich fürchte darüber kann Ich nicht so einfach Auskunft erteilen."

Kal öffnete den Mund um zu protestieren, doch Jubb hob eine Hand.

„Aber, da Sie Schatzsucher sind, sind sie neugierig und Ich bin bereit eine Ausnahme zu machen. Für 50 Credits dürfen sie mich alles über meine Arbeit fragen und Ich werde antworten und weil Ich heute großzügig bin, mache Ich ihnen zusätzlich noch eine weitere Tasse Kaffee."

Kal wollte brüskiert ablehnen, hielt sich jedoch zurück. Der Einsiedler hatte recht, er war neugierig. Auch der Ausblick auf mehr Kaffee erschien verlockend.

Ohne Namen „Nun gut." sagte er schließlich und tätigte eine erneute Überweisung. Er erhielt dafür sofort einen weiteren Kaffee.

„Also gut." sagte Jubb „Sie wollten wissen, woher Ich weiß, wann Ich jemanden zu retten habe. Einfach: Ich habe einen Bioscanner in meinen Hyperfunksender integriert und kann damit alle menschlichen Lebenszeichen auf dieser Seite des Planeten überwachen. Wenn sich jemand aus der Siedlung wagt, ist das in der Regel ein potentieller Kunde. Zusätzlich habe Ich noch gute Kontakte zu allen Frachtern, die hier regelmäßig vorbei kommen. Die Kapitäne teilen mir mit, wenn ein Passagier bei ihnen mitgeflogen und hier ausgestiegen ist. Als Ausgleich kriegen sie dafür bei einem erfolgreichen Geschäft einen Anteil, besonders wenn sie noch Werbepartner sind."

„Werbepartner? Wofür braucht ein Einsiedler Werbung?"

„Nun, in meinem ersten Jahr hier auf Menkab V hatte ich keinen einzigen Kunden, wahrscheinlich, weil dieser unbekannte Planet im Nirgendwo ein unbekannter Planet mitten im Nirgendwo ist. Also habe Ich beschlossen, dass Ich Werbung machen musste. Ich habe also einige Raumfahrer dafür bezahlt, dass sie Geschichten über abgestürzte Frachtschiffe, vergrabene Schätze oder Ruinen uralter Zivilisationen hier auf dem Planeten verbreiten. Das hat gewirkt, eine Woche später konnte ich meinen ersten Kunden aus einer Schneelawine ziehen."

„Und Ich schätze die Karte, der Ich gefolgt bin, würden sie als Werbematerial bezeichnen?"

„Genau, meine erfolgreichste Kundenwerbungsmethode, noch vor den Lockstoffen."

„Lockstoffe?"

„Manchmal kommen Schatzsucher hierher, die entgegen aller Vernunft vorsichtig und vorbereitet sind. Manchmal muss Ich dann Tage warten, bevor sie in eine Situation kommen, aus der Ich sie retten kann, also helfe ich gelegentlich etwas nach. Die Tiere, von denen Sie eins angefallen hat, versprühen in der Paarungszeit einen Stoff, den potentielle Partner über Kilometer hinweg wittern. Sprüht man etwas davon in die Luft wimmelt es bald von den Viechern und der Kunde hat jede Menge Probleme aus denen er gerettet werden muss."

„Hätte es irgendeine Aussicht auf Erfolg, wenn Ich versuchen würde, ihnen zu erklären, wie moralisch verwerflich es ist, was Sie tun?"

„Nein."

„Dachte Ich mir. Sie locken also Leute hierher, bringen ihr Leben in Gefahr und lassen sich es dann bezahlen, wenn Sie sie nicht sterben lassen.

Abscheulich."

„Und Ich habe ihnen noch nichts von meinem Kundenbindungsprogramm erzählt."

„Das ist noch schlimmer, nicht wahr?"

„Oh ja. Die meisten Leute versuchen mich zu schlagen, wenn Ich ihnen davon erzähle. Wie ist der Kaffee?"

„Bitter. Also los, erzählen Sie."

„Die meisten meiner Kunden sind nicht sonderlich wohlhabend, logisch, sonst wären sie ja nicht auf der Suche nach finanziellem Glück, sondern hätten es schon gefunden. Manchmal allerdings entnehme Ich den persönlichen Dokumenten meiner Kunden, die Ich natürlich studiere, während sie ohnmächtig sind, dass es sich um Personen von Reichtum handelt. Da Ich daran selbstverständlich etwas teilhaben will, ist mir die Idee zu einer besseren Kundenbindung gekommen..."

„Es hat mit Strick zu tun, stimmt's? Sie reden von wortwörtlicher Kundenbindung?"

„Ein Strick, ein Pfahl, ein Kunde und ein Haufen hungriger Eisameisen, das ist mein Kundenbindungsprogramm. Ich denke der Erfolg spricht hier für sich. Nach spätestens drei Minuten sind sie immer bereit den Preis zu bezahlen, den ich für ein Taschenmesser verlange."

„Eine hypothetische Frage hätte Ich noch."

„Bitte sehr."

„Was würde passieren, wenn Ich sagen würde: 'Sobald Ich wieder in der Zivilisation bin, werde Ich dafür sorgen, dass Sie hierfür den Rest ihres Lebens in ein Arbeitslager kommen!'?"

„Nun, Ich wäre aus zwei Gründen unbesorgt. Erstens bin Ich Mitglied der „Vereinten interstellaren Einsiedler Handelsgemeinschaft", einer Interessengemeinschaft, die sich beim terranischen Parlament für die Rechte von Leuten wie mir einsetzt und einige Abgeordnete gut dafür bezahlt, dass unser Gewerbe legal bleibt."

„Eine Lobby-Gemeinschaft von Einsiedlern?"

„Wenn wir niemanden hätten, der unsere Interessen vertritt, warum sollten Leute sich dann noch aus der Zivilisation zurückziehen, nur weil wir nicht Teil der Gesellschaft sind, heißt das nicht, dass wir nicht daran teilhaben dürfen."

„Und der zweite Grund?"

„Oh, das ist mein Lieblingsgrund. Sie können mir nichts anhaben, weil der Kaffee, den sie eben getrunken haben, eine hohe Dosis Amnesium enthielt."

„Sie Mistkerl!"

„Genau, Sie fallen gleich in einen tiefen Schlaf und wenn Sie wieder aufwachen, haben sie dieses Gespräch vergessen, alles was sie wissen, ist, dass Sie ein wertvolles Wrack suchen wollten. Wer weiß, wir könnten uns bald wiedersehen oder vielleicht waren sie schon mehrmals hier, wenn Ich das geringste Interesse daran hätte, könnte Ich mir die Gesichter meiner Kunden vielleicht merken..." In diesem Moment begann Kal von seinem Stuhl zu fallen, doch sein Retter war zur Stelle, um seiner Arbeit nach zu gehen.

Einige Stunden später wurde am Eingang der einzigen Krankenstation auf Menkab V ein bewusstloser Mann eingeliefert. Der zuständige Arzt nahm ihn zusammen mit einer kleinen finanziellen Aufmerksamkeit in Empfang und vergaß sofort, wer ihn herein gebracht hatte. Der menschliche Geist war in der Tat durch den Vorstoß zu fremden Welten erweitert worden, allerdings nur in seiner Weite, nicht in seiner Tiefe.

FRAGMENTE

Fragmente und andere Kleinigkeiten

1

Warum schreibe ich dies?

Die Geschichte hat wieder und wieder gezeigt, daß Worte keine Veränderung bringen. Nur Leute mit Macht und dem Willen sie zu nutzen verändern etwas.

Ich habe keine Macht, also warum schreibe ich? Ist es eine Beichte, ein Versuch mich von den Sünden meiner Zeit reinzuwaschen?
Schreibe ich weil ein Blatt Papier das einzige ist, mit dem ich über solche Dinge reden kann?
Vielleicht.

Mein Vater schrieb, um seinem Sohn …

2.

Ich kenne dieses Gefühl.

Du siehst zum Horizont und du fragst dich „Was liegt dahinter, was gibt es dort zu entdecken?"

Dann läßt du alles stehen und liegen und brichst auf, voller Vorfreude auf das, was hinter dem Horizont liegt.

Doch weisst du, was hinter dem Horizont liegt?

Nur noch ein Horizont und dahinter noch einer. Horizont nach Horizont, endlos aufeinader folgend.

Man folgt ihnen, weil man glaubt, irgendwo müssen sie doch aufhören, irgendwo muss es ein Ende geben, ein Ziel auf das alles hinaus läuft, doch das ist ein Irrtum.

Es gibt nur den Horizont und dich und egal wieviel du ihm hinterher läufst, egal wie sehr du kämpfst, rackerst und leidest, er wird immer vor dir liegen, in provozierender Verheißung.

Und dann, irgendwann, egal was du tust, gibt es nur noch den Horizont, denn im Gegensatz zu ihm kannst du nicht ewig weitergehen, egal wie stark dein Geist und dein Körper auch sind.

Der Horizont ist immer stärker.

3.

Lachen.. Ein unheimliches Lachen.

Ein Flüstern, eine Hand auf seiner Schulter.

„Unwissenheit ist ein Segen"

Ein Gefühl von Geschwindigkeit … und dann
Dunkelheit.

Das erste was er fühlte als er aufwachte war
Schmerz. Nicht das junge, euphorische Stechen
eines jungen Schmerzes, mehr ein alter, gelassener
Schmerz, der es nicht eilig hatte usnd es sich
überall in seinem Körper gemütlich gemacht hatte,
während er wartete.

Es fühlte sich an wie ein Ganzkörpermuskelkater,
selbst in den Teilen ohne Muskel.

Nur langsam setzte sich sein Verstand gegen diese
allumgreifende Wahrnehmung durch und begann
die Checkliste, die unbewusst bei jedem
Aufwachen abgearbeitet wurde.

- Wer bin Ich?

Das war einfach. Sein Name war Sophion Tomgrau
….

4.

Sehnsüchtig sah er zum Mond hinauf, auf ihrem Gesicht erkannte er die selbe Sehnsucht – kein Verlangen.

Sie übernahm die Initaitive, stieg auf, er gab nach, ließ sich mitreißen, verlor den Boden unter den Füßen, doch er sah nicht hinab, er umklammerte ihre Waden, nur Augen für sie und den Mond.

Höher, immer höher flogen sie. Feuchtigkeit auf ihrer Haut, als sie in die Wolkendecke reinstießen.

Höher, ja immer höher, die Wolken verhüllten sie vor aller Augen, es gab in seiner Welt nichts mehr als sie. Er zog sie näher zu sich heran, das Gesicht von Anstrengung gezeichnet, die er in ihrem gespiegelt sah.

Gemeinsam, Stoß um Stoß, kämpften sie gegen die Schwerkraft an, in den Himmel, zum höchsten Punkt. Er wollte schreien vor Anstrengung, doch er hielt es zurück, höher müssen sie, noch höher.

Die Wolken waren zurückgefallen, die Luft dünn, er keuchte, doch weiter, höher, die Schwerkraft versuchte in herab zu ziehen, doch sie wurde schwächer, ihre Finger bohrten sich verzweifelt in seine Beine, doch er gab wieder nicht nach. Er würde sie jetzt nicht enttäuschen, sie würden es zusammen schaffen.

Dann war es soweit. Die Erdathmosphäre war durchbrochen, die Schwerkraft blieb hinter ihnen zurück. Er atmete so tief und laut aus, als hätte er lebenslang nur eingeatmet, all die Spannung des Aufstiegs fiel von ihm ab.

Zusammen schwebten sie in der Schwerelosigkeit, gemeinsam glücklich. So glitten sie, sanft und langsam auf die Mondoberfläche, wo er ermattet eine Weile liegen blieb, während sie an seiner Hand die Umgebung besah.

ABSCHIED

Grabrede vorgelesen von Jan Zabeé.

Lieber Sven ...

De mortuis nihil nisi bene

Über Tote soll man nur Gutes reden

Um wieviel aufrichtiger ist dieser Spruch, wenn ich dabei nicht einmal lügen muss. Es ist soviel Gutes in Dir, wahrlich zuviel für diese Welt.

Dein Wesen ist geprägt von einer Güte allen anderen Lebewesen gegenüber, ob es die Spinnen im Haus waren, die du rausgetragen hast, wenn sie Karin oder Eileen zu gross wurden , oder deine Freunde und Freundinnen, deine Kumpels und all die Menschen, die dir nahe sein durften und mit denen du dein Leben geteilt hast.

Ich weiss nicht, ob man mit 29 schon weise sein kann, aber deine Klugheit ist gepaart mit einem Durst nach Wissen, welches sich in deinem Gedächtnis eingebrannt hat und jeder, der dich fragte bekam eine Antwort. So wie du deiner Oma bei Eileens Geburt mit vier Jahren alles über das Sonnensystem und die Planeten erzählt hast, konnte jeder Lehrer darauf zählen, dass er, wenn gar nichts mehr ging, von dir eine rettende Antwort bekam.

Dein unaufdringliches Wesen, welches nie den Drang verspürt hat, laut kreischend und brüllend um Aufmerksamkeit zu heischen ist in einer Zeit wie der jetzigen leider nicht von Vorteil und viele Aussenstehende haben dich immer als „still und klug" beschrieben, weil du mit dem was dich ausmacht nie angegeben hast.

Aber wer einmal in deine klugen,dunklen Augen geblickt hat, konnte ganz tief in deiner Seele die Sterne funkeln sehen.

Die Menschen, die dich näher kennen, werden deinen schwarzen, britischen

Humor vermissen, der die erstaunliche Eigenschaft besitzt, nie die Menschen zu verletzen sondern nur das Objekt des Humors offen zu legen und seinen Wahnwitz zu beschreiben.

Wie werden wir die Momente vermissen, in denen wir Szenen aus Loriot nachgeplappert haben und vor Lachen auf dem Boden lagen. Es ist diese Mischung aus Humor und absolutem Ernst, die, obwohl eigentlich unvereinbar, in dir einen Boden zum wachsen gefunden hat und uns allen über eine so lange Zeit immer wieder so viel Freude machte. Dein Lachen als Kind und das des Erwachsenen wird noch lange in uns nachhallen und hoffentlich nie verklingen.

Würden wir für jede Träne einen Cent und für jeden Wutschrei einen Euro bekommen, wären wir jetzt reiche Leute, aber du hast uns mit viel grösserem Reichtum beschenkt. Deine Geschichten, die du über Jahre geschrieben hast, waren von Anfang an von deiner Fantasie und deinen weittragenden Gedanken beseelt, alle Figuren standen lebendig vor unseren Augen wenn wir geleitet durch deine geschriebenen Worte dir in deinen Gedanken folgen duften. Das du alle Figuren jetzt mitgenommen hast ist wohl genau so unvermeidlich wie manches Ende in deinen Geschichten.

Es gäbe noch unendlich viel über dich zu sagen, aber das würdest du hier und jetzt vehement ablehnen und wärst sicherlich auch beleidigt. Das wir dich und du uns geliebt hast, steht immer verbindend zwischen dem, was wir sind und sein werden.

Und in Anlehnung an den Philosophen und Schriftsteller Voltaire möchten wir als Familie noch ein Letztes zu dir sagen. Würde man uns anbieten all den Schmerz der letzten Zeit zu nehmen, indem einfach all die Erinnerungen an dich ausradiert würden, so lehnten wir dieses Angebot mit all unserer Kraft ab. Denn irgendwann wird all der Schmerz verschwunden sein und die Erinnerungen werden aus Freude und Dankbarkeit zu dir bestehen.

Inhaltsverzeichnis

Zeitfracht Medien GmbH
Ferdinand-Jühlke-Straße 7
99095 Erfurt, Deutschland
produktsicherheit@kolibri360.de